www.einaudi.it

ISBN 978-88-06-19793-3

Daniele Del Giudice

Orizzonte mobile

Einaudi

Orizzonte mobile

Vorresti gridare subito la tua storia, vorresti dire «Talvolta credi di commettere tutti gli errori passati e futuri», oppure «Ogni uomo porta in se stesso una camera», oppure «Se potessi capire come mai è finita cosí», in bilico sopra un filo, un fuso, ma se è vero che ogni uomo ha in se stesso una camera, la tua è tutta in disordine, sul comò si ammucchiano vecchie fotografie, e tu penseresti «È impossibile ricordare tutto», invocheresti la distrazione perché è la sola che scampa al dolore, e intanto in una scatola nell'armadio di cucina c'è un uovo di pinguino, bucato e svuotato dal bianco e dal tuorlo, riportato dal Sud piú profondo, il piú profondo e radicale dei Sud, un gelido Meridione. O forse sta per uscire il tuo numero, qualcuno dice «Sai, il mio numero sta per uscire, lo sento, lo so, sono usciti i numeri di tutti quelli che conoscevo», e ognuno vedendo la pallina fermarsi nella fossetta non ha nemmeno aspettato che il croupier lo annunciasse ad alta voce, si è alzato e si è incamminato verso la porta, col suo numero scritto sulle spalle, come un atleta al termine della gara, uno di quelli che non solo non arrivano primi ma la corsa la finiscono prima della fine. Ecco, vorresti gridare subito un grumo di dolore, o di gioia, che non si articola in parole ordinate, ma tutte insieme, esplose come esplode una stella, e c'è un silenzio attonito e glaciale, e dov'è la calma allora, dov'è la tua calma, dov'è il governo, dove la composta malinconia dell'imperscrutabile capitano, un po' distratto, un po' silenzioso, colui che tiene le fila, un uomo sui fili che ha voluto tendersi da sé?

I fili sono trecentosessanta, ma ventiquattro contano piú degli altri, dodici verso destra e dodici verso sinistra, e da qui potrei cominciare, ma cominciare significa decidere un prima e un dopo, dare un ordine, isolare dal flusso, rompere la simultaneità, uscire dalla compresenza, fare come se esistesse una frase alla volta, un'immagine alla volta, un pensiero o un ricordo o un racconto alla volta, uno e poi uno e poi uno, e non tutto insieme. Sforzati di restare in questo disordine, di aderire ad esso, ma non è facile e non sempre è possibile, non sempre ci riesco. In questo istante, in questo preciso istante, potrei essere l'uomo che controlla gli orologi nel turno di notte, un vecchio signore chiuso nell'osservatorio di Greenwich, dove ha trascorso gran parte delle notti della sua vita, in una notte come tante altre, non un guardiano del faro ma un guardiano del tempo, poiché qui dentro non c'è una lanterna che gira, girano solo i meccanismi degli orologi, ventiquattro orologi in fila, ciascuno sfalsato di un'ora, un'ora a crescere verso est dove il sole cresce, un'ora a calare verso ovest dove il sole cala. Ogni orologio un fuso, ogni fuso un filo, lungo i fusi le storie colano giú, colano fino a te che nel frattempo sei già arrivato laggiú a guardarle dal di sotto.

Per sua natura, la Storia non è che scrittura in una forma diversa.

Base Amundsen-Scott, 90° 00′ sud e 139° 16′ ovest, prima settimana dell'estate australe, 2007.

In un alone verde azzurrino spiritato, la luce che qui costituisce la sera, piccole bande di pinguini Adélie passano veloci. Vanno nella direzione opposta al mare. Viaggiano verso sud con una fretta disperata, le pinne natatorie sollevate, il muso sporto in avanti, i piedini di qua e di là, bilanciati con la coda come treppiedi. La loro aria intenta e preoccupata, terribilmente comica per me, sembra dire «I'm late, I'm late, for a very important date», come nel libro di Alice, o piú semplicemente «Non possiamo fermarci adesso, c'è troppo da fare». Li ho seguiti con lo sguardo finché sono diventati dei puntini traballanti sulla distesa bianca, poi senza motivo apparente hanno effettuato una curva ampia, e senza mutare d'affanno sono tornati indietro. I primi ad arrivare qui si sono lasciati cadere sulla pancia, scivolando come un toboga fino a fermarsi. Hanno chiuso gli occhi celesti, si sono addormentati. Del creato fanno parte anche questi esseri la cui natura è lo stupore, la fiducia in un ordine delle cose che mai sarà alterato, un ragionare perfettamente logico perché totalmente astratto, e una divorante curiosità: esposti dunque ai peggiori contrattempi. È stato opportuno da parte del buon Dio sistemarli quaggiú in Antartide, poiché alle nostre latitudini avrebbero già preso il potere in nome delle forze del Bene e dell'Ilarità, o sarebbero stati sterminati. Ma che i pinguini fossero animali pieni di preoccupazioni lo sapevo già da prima.

Sono arrivato con una missione di biologia marina di

cui fa parte Jeremy Miller, un gallese di Cardiff che si occupa dei Gentoo, i pinguini piú alti tra quelli di taglia piccola. I pinguini Gentoo valutano ogni passo prima di fare un saltino da una pietra all'altra. Considerano intensamente la pietra successiva: se è levigata o ruvida, se umida o asciutta, con muschio o senza, e quando l'approdo è stato valutato nei dettagli si raccolgono in un'espressione finale da «Cosa sarà di me!», aprono le natatorie e fanno il salto, pochi centimetri, arrivando leggermente sbilanciati, stupiti di essere ancora in piedi. Molti anni fa, nel mio primo viaggio in Antartide, ero venuto qui accompagnando un'altra missione che lavorava con i pinguini Adélie, dei veri acrobati al confronto: schizzavano fuori dal mare come pupazzi a molla, perfettamente eretti, e atterravano sulla banchisa un paio di metri piú in alto. Non sempre atterravano, qualche volta si impiantavano contro la parete bianca ed eretti ricadevano in acqua, sbucando nuovamente fuori senza perdere contegno, sbattendo e ricadendo e risaltando, finché ci riuscivano.

I pinguini sono ovunque, non c'è bisogno di cercarli, con Jeremy li incontriamo spostandoci da una base all'altra, mentre camminiamo presi ognuno dalle sue preoccupazioni, il tempo meteorologico, la direzione giusta da seguire. Una mattina ci apparve lontano una rookery affollatissima e qualcuno di questi uccelli isolati. Trovammo due adulti e uno piú piccolo sulla riva del mare. Ci furono curiosità reciproche e convenevoli finché i due adulti si tuffarono in acqua, scomparendo. Tra tutte le espressioni di cui i pinguini sono capaci quella della desolazione è irresistibile, poiché è una desolazione senza rimedio. L'animale piccolo, il pulcino rimasto solo, cominciò a gridare camminando lungo la riva, guardando in ogni direzione. I pinguini vedono meglio nell'acqua, dove gli scende una seconda palpebra trasparente, una specie di lente a contatto naturale che li protegge dal salso e corregge la loro ipermetropia. Vedevo benissimo i suoi genitori, impettiti sulla riva un centinaio di metri piú avanti, e cercavo di indicarglieli ma lui incespicava sui sassi senza piú badarmi, con quell'aria affannata da «I'm late, I'm late», finché dovette convincersi che i suoi genitori erano partiti via mare lasciandolo lí: soltanto allora si voltò verso l'acqua e pieno di sconforto e disgusto si buttò. Ormai sapevo di cosa si trattava. La scena familiare cui avevo assistito era un momento fondamentale della crescita, quando il pinguino giovane viene obbligato a procurarsi da solo in mare il krill e il plancton di cui si nutre, che fino a un certo punto gli viene fornito come poltiglia rigurgitata dal becco dei genitori. Mi accorsi che stavo antropomorfizzando i pinguini, cosa che mi ero ripromesso di non fare, e ne parlai con Jeremy, meglio attenersi alle molte spiegazioni sui comportamenti dei pinguini di diverse specie che le spedizioni dei biologi osservavano e catalogavano. Il guaio delle storie, con i pinguini, è che sono narrate da un unico punto di vista, quello umano. Alla loro fantasia e curiosità, inesauribili, sovrapponiamo ciò che appartiene a noi, mutandone il senso.

Può darsi che anche i pinguini siano portati a pinguinomorfizzare gli umani, e questo certamente accadde qualche settimana dopo, quando in una traversata a piedi, mentre accompagnavo una missione internazionale di dieci biologi, incontrammo una carovana di Imperator, la specie piú grande. Loro, i pinguini in fila, noi, umani in fila. Due comunità egualmente in marcia, i pinguini dall'interno verso le coste per procurarsi cibo, noi dalle coste verso l'interno per raggiungere le regioni piú fredde abitate dagli Imperator. Loro, noi, vivevamo la stessa solitudine in un oceano di ghiacci e nevi, e le stesse preoccupazioni. Giunti a una rispettosa distanza il capo dei pinguini Imperator, un individuo voluminoso e importante della loro specie, allungò il collo verso di noi in un profondo inchino e con il becco contro il petto fece un lungo discorso gorgogliando. Finito il discorso, da quella posizione di riverenza fissò negli occhi Jacques, capo della missione, per vedere se aveva capito. Né Jacques, l'etologo piú esperto, né chiunque di noi poteva comprendere quel discorso. Allora il pinguino ripeté di nuovo il lungo gorgoglio con la testa china, senza spazientirsi. Chi si spazientiva erano gli altri pinguini dietro di lui, cominciavano a dubitare che il loro capo avesse combinato qualche pasticcio. Si fece avanti un altro di loro, spingendo da parte il suo predecessore. Con lo stesso inchino e lo stesso sguardo in alto tenne un nuovo discorso che sarebbe rimasto per noi altrettanto incomprensibile.

Ma la grande passione dei pinguini erano i cani. Se li scoprivano in una base antartica andavano a trovare solo loro, senza piú passare dagli uomini. Facevano molti inchini e lunghi discorsi, i cani seguivano abbaiando e schiacciandosi sulle zampe anteriori; poi qualcuno riusciva a sciogliersi dalla catena e succedeva un massacro. I pinguini guardavano i propri compagni morti con assoluto stupore, e con l'espressione da «Non m'importa cosa sarà di me» cercavano di parlare ancora ai cani, non fosse per gli uomini che intervenivano a salvarli. Del resto questi uccelli hanno una loro speciale idea della presenza e dell'assenza, come ebbi modo di constatare un giorno con un involontario esperimento. Mentre uno di loro tornava dall'acqua verso il suo posto nella rookery mi sono trovato sulla sua traiettoria; prima mi ha guardato stupito, poi ha cercato di attraversarmi come se non esistessi. Avanzava, urtava contro le mie gambe, faceva marcia indietro. Dopo un po' ha cominciato a colpirmi con le pinne natatorie. A me veniva da ridere, ma i colpi erano velocissimi e facevano male. Dato che non mi spostavo, ha compiuto un giro completo della rookery, e io a mia volta ho fatto un passo aspettandolo sul lato opposto. Quando è arrivato e mi ha visto ancora lí aveva un'espressione di totale incredulità. Il suo ragionamento era ineccepibile: aveva fatto un giro intero, perciò io dovevo essere sparito, non potevo esserci ancora. Un giro completo vale un cambiamento delle cose, altrimenti che si gira a fare?

A forza di osservarli mi sono convinto che il segreto dei pinguini è nel loro essere al tempo stesso impeccabili e impacciati. Questi animali dotati di grazia e autoironia, virtú che attribuiamo alle specie piú evolute, sono in realtà dei grandi incompiuti. Non ce l'hanno fatta a diventare pesci, dato che l'acqua non è il loro elemento definitivo; pur essendo uccelli non volano piú, e come bipedi sono lenti e preoccupati. Rimasero bloccati in questa ambiguità in ere antichissime e da allora non sono cambiati piú. Ma nei ghiacci, nel vento ruggente, con i pinguini si finisce per perdere la testa. Soprattutto d'inverno, nella notte perenne, notte di notte e notte di giorno, buio totale, quel buio costante che scardina la mente, distrugge il sonno, inutile guardare l'orologio, tanto è sempre l'ora dello stesso buio.

E in una di quelle notti che non sono notti alla rookery di Cape Crozier nei sessanta gradi sotto zero, in pieno buio polare, andammo in cinque o sei a vedere la cova delle uova dei pinguini Imperator. Curiosamente la cova è compito dei maschi, non delle femmine. Per prendere le uova bisognava alzare di lato gli animali, che cercavano di trattenerle sdrucciolando a piedi uniti sul ghiaccio. C'era bufera e non si vedeva quasi niente. Jeremy scostò un pinguino, allungò la mano e sentí una cosa ovale e fredda. Era un uovo sí, ma di ghiaccio. Perfettamente modellato. Il pinguino s'era perso l'uovo, si vergognava, se n'era fatto uno finto. Jeremy e il pinguino si guardarono, sconvolto l'umano, mortificato l'animale, chissà se perché scoperto in quella sua struggente finzione o perché sapeva che gli sarebbe stata portata via anche quella.

Fu allora, in quel giorno-notte, che Jeremy con l'uovo di ghiaccio in mano scoppiò in lacrime, cominciò a gridare, si mise a correre, e piú correva e piú si spogliava, buttò via il berretto, buttò il giaccone termico, si tolse perfino la camicia di lana cotta e tutto il resto, piangendo e inciampando nei 'sastrugi', dune di ghiaccio formate dal vento. Lo rincorremmo, lo trovammo a terra quasi nudo. Gli sollevai la testa, gli misi addosso il mio giaccone, gli gridai nel vento «Sei pazzo, vuoi morire?» e nel vento Jeremy mi rispose «Tanto se muoio qui nemmeno Dio se ne accorgerà». Cercai di calmarlo, intanto qualcuno aprí la radio e chiamò i soccorsi. L'elicottero è arrivato presto, avevamo segnalato la nostra posizione con fiaccole incandescenti.

Nei giorni successivi Jeremy si è ripreso abbastanza in fretta, a dire il vero anche perché ha conosciuto una ricercatrice fisica italiana, Teresa Montaruli, impegnata nel gruppo di studio sulla neutrino-astronomia e il Progetto Nemo. Teresa gravita tra l'Università di Bari e quella di Madison, Wisconsin, e ci ha parlato dei nuovi orizzonti osservativi, stanno costruendo enormi infrastrutture per rivelare altri messaggeri dell'universo, i neutrini, particelle neutre e molto elusive perché risentono solo della 'forza debole', una delle forze fondamentali della materia; e quelle particelle, i neutrini, sono di carica nulla e hanno massa nulla o quasi nulla al contrario dei fotoni che interagiscono con la materia elettromagneticamente. I neutrini non sono assorbiti dalla materia e nemmeno deflessi dai campi magnetici, ed è per questo che portano informazioni sulle sorgenti che li hanno generati. A parte i neutrini emessi dal Sole e una manciata da una supernova, non sono mai stati osservati neutrini dal cosmo. Però, i neutrini hanno i loro telescopi, 'telescopi di neutrini', si chiamano cosí gli strumenti che servono a rivelarli. Non avevo saputo trattenermi: «Neutrini e pinguini!»

Teresa è gentile, e la sera dopo, a cena nel ristorante della base, nel punto piú basso del pianeta e nel ghiaccio piú avvolgente, ha cercato di tradurre il tutto per noi non in altri termini, piuttosto in concetti, ma non è stato facile. Ci ha spiegato con pazienza che se le sorgenti accelerassero non solo elettroni ma anche protoni, la produzione dei neutrini insieme ai fotoni sarebbe garantita; e che i neutrini potrebbero prodursi anche grazie all'annichilazione della materia oscura che la forza di gravità accumula al centro del Sole o della Terra, o al centro della galassia. Teresa indicava i neutrini con le sue belle mani quasi fossero lí presenti, Jeremy ascoltava e anch'io ascoltavo, le misure planetarie mi facevano venire in mente Robert Sheckley e i confini tra il genere e la letteratura consueta. Questa materia oscura, ha ripreso Teresa, sarebbe costituita da nuove particelle, 'particelle massicce debolmente interagenti' o WIMP, previste dai modelli elaborati per estendere la teoria che oggi impieghiamo per descrivere la materia. E comporterebbe l'unificazione di tutte le forze: ha ricordato la 'supersimmetria' e le teorie extradimensionali, che contemplano altre dimensioni dopo le tre spaziali e quella temporale.

Qualche volta tra scienza esatta e *phantāsia* può avvenire una collusione, ma il fisico non deve abbandonare la severità della sua disciplina. Teresa si è trattenuta un po', poi ha continuato: «Per la rivelazione dei neutrini occorre dotare di strumenti idonei spazi molto grandi, e contrastare cosí la bassa probabilità di interazione con la materia che è tipica delle WIMP. Per questo è impossibile realizzare i telescopi di neutrini in gallerie sotto le montagne. La ricerca di eventi rari richiede lo schermo di grossi strati. Migliaia di metri sotto il mare oppure sotto i ghiacci polari».

«Nei prossimi anni la comunità scientifica europea dovrebbe costruire un rivelatore delle dimensioni di un chilometro cubo, e presto sarà installata una torre prototipo molto alta proprio in Italia, a Capo Passero, per le buone caratteristiche dell'acqua e del mare. Ci aspettiamo grandi cose dagli osservatori di neutrini nel Mediterraneo, perché contrariamente a quelli del Polo Sud avranno l'opportunità di osservare il centro della nostra galassia. Qui in Antartide hanno iniziato a costruire l'IceCube Neutrino Detector immergendo dei sensori nel ghiaccio, in pozzi verticali, con un trapano a forma di cono che spruzza acqua calda. I dati raccolti aiuteranno a comprendere i raggi cosmici, nel piú profondo dei ghiacci si lavora per le galassie e per le supernove. È come guardare le stelle nel pozzo».

Siamo nella base McMurdo, detta cosí dal nome del tenente americano che cartografò la zona nel 1841, ma io preferisco chiamarla con l'altro nome, base Amundsen-Scott, dai due esploratori che giunsero qui per primi nella corsa verso il Polo Sud geografico, con vantaggio di Amundsen e dolorosa tragedia per Scott e la sua spedizione. Certo non saprei ripetere alla lettera le parole di Teresa e a volte non c'è modo di tradurre il vocabolario della fisica, non sempre si hanno i verbi per raccontarla. E se devo essere sincero mentre parlava mi sono distratto perché ho ripensato al mio primo viaggio verso l'Antartide. È trascorsa una certa quantità di tempo ma lo ricordo perfettamente, quella volta non ero arrivato dalla Nuova Zelanda, come sarebbe stato piú semplice, ma dal Cile, da Santiago.

Mi imbarcai sul grosso Jumbo verso le nove di sera, e attorno a mezzanotte crollai dal sonno, notte e sonno continuamente interrotti e sofferenti, per la posizione e la sensazione di trasporto. Al risveglio nell'aereo c'era ancora buio e silenzio, cercai di lavarmi come potevo, per la prima volta scoprii di avere i piedi gonfi. Poi di nuovo le luci accese, e dei neonati che si lamentavano piano. È curioso come i neonati sopportino bene i lunghi viaggi in aereo: a parte un pianto disperato la sera prima, durante la notte avevano sempre dormito tranquillamente. Dai finestrini era spuntato un filo tenerissimo di azzurro appena distinguibile dal nero delle nubi, e all'alba la discesa su Rio de Janeiro. Riconoscevo nell'ampio giro di avvicinamento la baia e la città e il Pan di Zucchero. Poi una sosta di circa un'ora senza uscire dall'aeroporto. Al di là della lunga vetrata si vedevano le piste, le colline e la città in un'immagine lunga e stretta, colorata dei colori contrastati e netti dell'alba e del primissimo mattino. Erano le sei, ora di Rio.

Non rimisi ancora l'orologio, non sapevo bene cosa fare con le quattro ore di differenza, la posizione del sole imponeva il suo ritmo alla giornata e l'orologio ne imponeva un altro. Rimettendolo indietro mi sembrava di cancellare quelle quattro ore, le avevo vissute certamente ma il semplice gesto di ruotare le lancette le faceva sparire, quattro ore venivano espunte dalla mia vita come se non le avessi mai vissute. E quali ore espungere: quelle della partenza da Francoforte quando il comandante aveva comunicato nell'interfono la rotta di viaggio dando per l'arrivo a Rio de Janeiro la previsione meteo, la temperatura, e anche l'ora di Rio? Come dire: l'orologio potete rimetterlo anche adesso, tanto dormirete, tanto passerà una notte e quando vi sveglierete l'ora non sarà piú la stessa. Potevo cancellare i momenti piú disagevoli di quella notte, che so, quando quel bambino qualche fila piú avanti aveva pianto istericamente. O quelle del sonno, piú facili da sottrarre allo scorrimento della vita. Potevo eliminarle in blocco, uno stock di quattro ore filate con tutto il male che hanno dentro o sceglierne alcune per un totale di quattro. Un pilota di linea per mestiere di queste cancellazioni di tempo deve subirne tante, ma anche tante aggiunte, quando vola verso est, aggiunte di tempo che non ha mai vissuto: alla fine sarà piú vecchio? sarà piú giovane?

Mi era dispiaciuto, partendo da Rio, non avere un posto accanto al finestrino e nemmeno la macchina fotografica carica. L'aereo ha costeggiato la baia e la spiaggia, segnalata dallo steward come da una guida turistica: «Ecco Copacabana!» Vedendo quella spiaggia e i grattacieli provai per la prima volta il sentimento di essere in viaggio, di essere in un Paese dove è estate e la gente è in vacanza. Il comandante ha gentilmente piegato l'aereo a destra e a sinistra per permettere ai passeggeri di entrambi i lati di vedere e a quel punto, pensando di perdere qualcosa di importante, mi ero alzato, ero andato oltre la tenda, nel desk di fronte ai portelloni centrali, volevo guardare fuori attraverso quell'oblò, sicuro che fosse libero. Invece era occupato, c'erano accoccolate a terra quattro hostess bionde in uniforme, attaccate al finestrino. Strano, pensavo che fossero abituate. Lí sí avrei voluto avere la macchina fotografica carica.

Era la mia prima volta sulle Ande, le sorvolammo in tarda mattinata e dall'oblò dell'aereo le vedevo poco innevate, piene di sole, aride e bruno-rossicce. L'attesa per i bagagli fu lunga, poi all'uscita una lavagnetta col mio nome sorretta da un signore che era come dev'essere un sudamericano e segnatamente un cileno: incarnato olivastro, occhiali scuri, baffetti grigi, camicia bianca e cravatta su una corporatura bassa e un po' panciuta. Lo accompagnava un genovese che viveva a Santiago da quarantadue anni, il señor Lagostena, a sua volta accompagnato dall'autista di una macchina americana, di quelle vecchie ben tenute e prevalentemente a uso da noleggio, fatte fruttare il piú possibile. Lasciammo l'aeroporto, il sole, il paesaggio, il colore della pampa, l'autostrada senza margini netti come se il vento li impedisse sospingendo le stoppie.

Santiago del Cile, 33° 26´ sud e 70° 38´ ovest; Punta Arenas, 53° 10´ sud e 70° 56´ ovest, penultima settimana dell'estate australe, 1990.

Mi hanno accompagnato all'Hotel Carrera nella piazza della Moneda che ricordavo dalle immagini della televisione italiana, ricordavo quando era stata bombardata dai caccia Hawker Hunter di fabbricazione inglese con le insegne degli aerei cileni, solo che i piloti erano americani come si scoprí piú tardi. In quella piazza, nel palazzo della Moneda, era morto Salvador Allende, obbligato alla resa e al suicidio. Era l'11 settembre 1973.

Il señor Lagostena, un po' sudaticcio, fu molto premuroso nelle spiegazioni sapendo che ognuna è una piccola 'voce' in un conto finale. Abbiamo bevuto un 'pisco', la bevanda nazionale, molto gradevole, poi mi ha accompagnato a passeggiare per le strade piú belle che però avrei potuto vedere da solo, le avrei viste chissà quante volte. Senza saperlo e senza che Lagostena mi avesse informato ero arrivato nei giorni della Transmisión del Mando, il momento in cui il dittatore Pinochet 'restituiva la democrazia', se mai si poteva parlare di democrazia per l'autore di un golpe sanguinario. In quei giorni tornavano a Santiago gli esuli che per quasi vent'anni avevano vissuto lontano, nei Paesi piú diversi.

Alle cinque e mezzo, sganciatomi da Lagostena, incontrai finalmente Roderigo de Castro che avevo cercato in Italia senza fortuna. Fu lui a invitarmi a cena, mi passò a prendere all'Hotel Carrera. Roderigo era stato in Italia per quindici anni praticamente in esilio ed era tornato da pochi mesi insieme alla moglie cilena e alla loro bambina di quattro anni, Xaviera. Ospitavano un signore abbastanza anziano nonostante i blue-jeans e la camicia a righe, molto paziente e misurato, e una bella signora quarantenne, tutti e due di Milano. Sarebbero partiti il giorno dopo per una navigazione di cinque giorni nei fiordi della Patagonia su un piccolo cutter. Quando eravamo già seduti a tavola arrivò un altro commensale, tutto vestito di lino bianco con sotto una maglietta nera, scarpe in tono bianche e nere, capelli folti e grigi quasi bianchi nonostante all'apparenza fosse molto giovane, occhi azzurri nervosi e dolci. Si chiamava Ramón Barcelona. All'inizio mi era sembrato un dandy e invece era un altro esule, aveva vissuto a Parigi piú di dieci anni, aveva lavorato alla Cee, e piú tardi Roderigo mi disse che era laureato in economia e avrebbe avuto un lavoro nel nuovo governo cileno. Dopo cena arrivò qualcun altro che aveva avuto guai con il regime di Pinochet, era stato in galera per un anno, un ragazzone grassoccio, barba curata, che sorrideva con un buon umore naturale.

Ramón mi ha raccontato come andò la storia dello 'stadio'. Ci restò un mese, la gente cambiava continuamente e la distribuzione lungo le gradinate dipendeva da quanto uno veniva ritenuto pericoloso: quelli piú pericolosi avevano posti in tribuna, quelli meno pericolosi sulle curve. L'idea di Ramón era che i generali all'inizio non sapessero nulla di nulla. Lui era un marxista pubblico, due volte candidato come rappresentante nazionale della gioventú universitaria comunista. La mattina di un mese dopo, disse, «fui chiamato e fatto uscire dallo stadio senza nemmeno essere interrogato; altri non c'entravano niente e finirono in galera per parecchio tempo». Quell'11 settembre, mentre al mattino Allende moriva nella Moneda, di pomeriggio iniziavano nello stadio le persecuzioni e gli arresti di massa. Chiunque fosse ritenuto coinvolto con il governo di Unidad Popular veniva fermato e portato nei centri di detenzione sparsi in tutto il Paese, molti vennero torturati o uccisi, la Croce Rossa stimò circa settemila persone detenute nei primi dieci giorni. Tra le vittime c'era Víctor Lidio Jara Martínez, cantautore, musicista e regista teatrale.

Quasi vent'anni dopo gli esuli e i sopravvissuti si erano raccolti di sera in quello stesso stadio illuminato e sul tabellone non scorrevano i punteggi di una partita, scorrevano i nomi dei morti o dei desaparecidos. Una gigantesca bandiera cilena, lunga quasi quanto il campo, era sostenuta dagli scampati alla strage. Il golpe di Pinochet visto da Santiago e dal Cile era molto diverso da come l'avevamo seguito nella televisione italiana, noi non sapevamo che alla Casa Bianca il presidente Nixon e il suo consigliere per la sicurezza Kissinger avevano deciso che in Cile andasse sparso molto sangue.

«La Cia – mi raccontò Roderigo – fu responsabile della preparazione del colpo di Stato militare, grazie a relazioni di intelligence, e non scoraggiò mai i piani di rivolta che le vennero presentati, anzi li supportò e li istigò, e nel 1973 il generale Pinochet e le sue truppe rovesciarono il governo Allende con il beneplacito dei servizi statunitensi. Già nel 1970 il presidente Nixon aveva fatto sapere che un governo Allende non sarebbe mai stato accettato dagli americani, e aveva ordinato alla Cia di versare dieci milioni di dollari per combattere Salvador Allende e destabilizzare il suo governo». La morte del presidente Allende riverberò in Italia. Enrico Berlinguer, segretario del Partito comunista italiano, applicò una nuova politica chiamata 'compromesso storico', che intendeva mettere al riparo la democrazia italiana dai pericoli di involuzione autoritaria che avevano portato al golpe cileno.

Il giorno dopo iniziò con una bellissima mattina di sole e fu una domenica di tranquillità. Mi sono svegliato felice di essere qui a Santiago, sereno, contento del nuovo invito a colazione di Roderigo e sua moglie. Ho passeggiato per le strade del centro, ho comprato «El Mercurio», un enorme numero domenicale pieno di supplementi, mi sono procurato un cestino di fiori, poi ho preso un taxi e sono andato da loro. Ci sono andato con molto piacere, come se fosse un'abitudine. Una colazione da giorno di festa, in casa di amici, la bella vetrata sulle araucarie, l'anziana governante che serviva a tavola, i discorsi leggeri e amichevoli. Roderigo ha parlato a lungo degli indios della Terra del Fuoco, credo ci abbia lavorato parecchio, e nei prossimi due anni deve preparare dei resoconti dedicati a questo argomento per un settimanale. Mi ha mostrato il dizionario scritto da Thomas Bridges, di cui parlò anche Bruce Chatwin, e ha fatto il nome di un'isola dove vivono gli ultimi Alakaluf, una ventina, divisi in tre o quattro gruppi familiari. Ha detto che l'unico modo per arrivarci è la FACH, Fuerza Aérea de Chile, lui aveva chiesto piú volte a un capitano che tiene le pubbliche relazioni della FACH qui a Santiago di essere portato lí, dove l'aviazione cilena ha una base, ma senza alcun risultato. Altre cose mi hanno colpito nella conversazione: secondo Roderigo la disorganizzazione degli indios, un destino involontario, nasce dalla mancanza di un'agricoltura pianificata, seminavano quanto bastava e lo consumavano subito, senza accumulare, questo mano a mano che si sale: Alakaluf, Ona, Tehuelche, solo con questi ultimi si ha un'agricoltura sistematica e immediatamente la nascita di uno Stato.

Un'ora dopo ero in aeroporto, tra una folla di famiglie in maniche corte, e anche l'aereo era pieno dello stesso tipo di umanità, un caldo da morire. Il volo è durato quattro ore, e dal finestrino ho sperato che il bianco che si intravedeva lontano fosse quello dei ghiacci, ma si trattava di nuvole basse o piccoli vulcani. All'aeroporto nessuno dell'agenzia era venuto a prendermi. Mi sono sistemato su un pullman e quando sono arrivato all'Hotel Cabo de Hornos erano le undici e mezzo. Ho chiesto dove potevo bere una birra e mi hanno mandato nell'unico locale ancora aperto, un enorme salone con cileni dalla faccia di indios e americani che dovevano aver attraversato tutto il Paese visti i maglioni di alpaca che portavano addosso. Questo, non so perché, mi ha messo di cattivo umore e bevuta la mia birra me ne sono andato a dormire. Ma prima di mettermi a letto ho guardato di nuovo dalla finestra della camera: si vedeva il porto, nella notte, quelle strane luci importanti e moderate che hanno le navi all'ormeggio. Anche se qui di navi ce ne sono poche.

La mattina dopo fin dall'inizio ho avuto l'impressione di una giornata persa, e l'ho persa, cercando una macchina a noleggio. Ho chiesto alla segretaria dell'agenzia che ha un tavolo nella hall se sapeva dove abitava Francisco Coloane, lei ha cercato di parlare con la Casa della Cultura che credo faccia parte della Fondazione e Museo Braun Menéndez, chiusi tutti per restauro. Alla fine le ho chiesto l'indirizzo del consolato italiano.

Era una delle villette basse con le facciate di eternit, che qui non è rimasto allo stato primordiale di tettoia da baracca ma ha elaborato una sua cultura architettonica. Ho suonato al portoncino sotto la placca «Consolato italiano», mi ha risposto una voce femminile dicendo di aspettare e un attimo dopo la stessa voce, di una ragazza con i capelli lunghi raccolti, mi ha salutato interrogativa aprendo la porta. Mi sono presentato, ho chiesto del console, lei ha annuito e ha detto che per il console bisognava andare in un'altra stanza. L'altra stanza si è rivelata una grande officina con un ottimo reparto di ricambi. Il console era un uomo sulla cinquantina, parlava abbastanza bene l'italiano e non aveva l'aria equivoca dei consoli italiani. Mi ha portato nel piccolo ufficio-cassa dell'officina e mi ha detto che il consolato gli dà molto da fare e lui cerca di fare quello che può. Si è occupato di quelli del Programma Antartide italiano venuti a Capo Horn per seguire la regata. «Comincia a esserci molto movimento in questa zona e ci vorrebbe di nuovo un consolato diplomatico, – ha detto, – in realtà io sono solo un viceconsole. Anche il console precedente era nel commercio, solo che gli affari gli sono andati male, ha messo tutte le cose del consolato in un sacco e l'ha lasciato lí. Poi è scappato. Il sindaco mi ha consegnato questo sacco e mi ha chiesto se volevo fare il console. Io ho accettato, ma comincia a portarmi via molto tempo». Ha concluso rimettendosi la giacca. Vedendo delle grosse testate di motori su un banco alle sue spalle, dietro una porta, gli ho chiesto se nella sua officina si riparavano motori marini. «Tutti i motori, tutti quelli che possiamo riparare. Possiamo dire – ha concluso – che questa è la piú importante officina di rettifica di Punta Arenas». Poi mi ha accompagnato in macchina fino all'albergo.

Volevo vedere la Zona Franca, e in taxi ho percorso il grande viale alberato che passa davanti alla chiesa dei salesiani e al cimitero. La Zona era un enorme emporio alla fine della città in direzione dell'aeroporto, un ampio viale con grandi costruzioni di uno o due piani a sinistra e a destra, un altro viale con l'aiuola in mezzo che corre verso il mare. Poi ho preso un altro taxi e sono tornato indietro, lungo il viale del cimitero, fermandomi alla chiesa e al museo dei salesiani. Il museo contiene parecchi reperti sulla storia della regione, sugli indios, la cartografia dell'area magellanica, il lavoro di padre Alberto Maria De Agostini, geografo, esploratore e poeta con la passione delle scalate in alta quota, sull'attività della missione salesiana. Il piano di sopra e il corridoio di quello di sotto sono la parte nuova, anzi nuovissima, foderata con moquette alle pareti, vetrine ben illuminate, un criterio nell'esposizione, pannelli didattici e addirittura grandi diorami del paesaggio magellanico con gli indios in figura dipinta e in statua. Invece nelle stanze del primo piano è accatastata una quantità enorme di materiale etnografico e antropologico chiuso in vetrine vecchie d'un secolo e accompagnato da indicazioni scritte a penna di epoca in epoca. Vertebre di balena, molti animali impagliati, uccelli di ogni tipo, teschi di indios divisi per etnie, scheletri di Ona, scheletri di delfino, frecce, pietre da lanciare con le fionde, utensili domestici e collane, le foto di una visita in questi luoghi di papa Giovanni Paolo II, il tutto impolverato e con un'aria macabra, nell'odore ronfante di morte già avvenuta, congelata dalla mummificazione, morte immobile come nei musei di storia naturale.

Ho chiesto all'usciere, che doveva essere anche il sagrestano, di parlare con il rettore. Mi ha risposto che era in clinica, sarebbe tornato mercoledí, e il nuovo rettore era appena arrivato, da quattro o cinque giorni, tutti e due erano italiani. Secondo il sagrestano, e anche secondo me, conviene aspettare quello vecchio che sarà qui mercoledí. Tornato in albergo ho visto i preventivi per il noleggio della macchina, ho detto alla signorina di fissarla e ho usato il poco tempo che restava per una passeggiata lungo il porto, cercando di immaginare se il molo da cui passavano le spedizioni di De Gerlache, Nordenskjöld, Charcot, e dove approdò Shackleton dopo il disastroso viaggio dell'*Endurance*, era il vecchio molo di legno, consumato dall'acqua, che si vede sulla sinistra, o invece quello dopo la Zona Franca quasi fuori città. Ad ogni buon conto lungo il molo c'era un rimorchiatore che si chiamava *Erebus*, nome che si può scegliere solo avendo a che fare con l'Antartide, è il nome del vulcano attivo sull'isola di Ross.

Il giorno seguente mi sono alzato presto, ho fatto tutto rapidamente per essere pronto alle dieci, quando aspettavo la macchina per partire. Dei cinque o sei itinerari possibili ho scelto quello verso nord: trecento chilometri in Patagonia, risalendo per Puerto Natales, Cerro Castillo fino alla montagna del Paine. Ho telefonato a mia madre. Sono felice di sentirla. Ma come potrebbe essere un viaggio avventuroso e alla fine del mondo se ogni mattina c'è la telefonata di mia madre? Alle dieci mi hanno chiamato dal noleggio avvertendomi che la macchina era in ritardo di mezz'ora, c'era una perdita d'olio che volevano controllare.

Approfitto di quella mezz'ora per una visita alla «Prensa Austral», il quotidiano locale di Punta Arenas. «La Prensa Austral» è un edificio basso, in una via laterale della plaza. Ho chiesto di un redattore. Mi hanno accompagnato nell'ufficio di un giornalista, vestito elegantemente come lo sono certi sudamericani di mezz'età, capelli grigi lisci pettinati all'indietro, incarnato scuro, magro, occhiali da vista fumé, al dito un anello d'oro con pietra, sorriso. Quando gli ho chiesto notizie di Francisco Coloane ha risposto sorpreso: «Non vive a Punta Arenas, viene ogni tanto ma da parecchio tempo vive a Santiago». Gli ho domandato se c'erano dei vecchi in città che potessero ricordare qualche cosa. I piú vecchi e i piú adatti gli sembravano quelli della comunità jugoslava. Ha parlato di uno storico ottantenne, molto rinomato, ha telefonato a una signora chiedendo informazioni, e dopo altre chiamate a vuoto mi ha detto che il mercoledí successivo mi avrebbe fatto avere un elenco di persone anziane con cui avrei potuto parlare. Mi ha chiesto cosa pensavo della città e io ho cercato di restituirgli nella forma piú gradevole un'immagine di decadenza. «Colpa del canale di Panama, – ha commentato, – una volta volenti o nolenti tutti dovevano passare di qui, ancora oggi passano milletrecento navi all'anno nello stretto di Magellano». «Nel porto?», ho domandato. «No, qui non si fermano», ha risposto.

Ho trovato la macchina e sono partito in direzione nord. Il mio programma era di arrivare fin dove potevo arrivare con una ragionevole probabilità di tornare indietro non troppo tardi nella notte.

Nei canali della Terra del Fuoco, dicembre 1897 - gennaio 1898. Spedizione De Gerlache.

«I piroscafi della Pacific Steam Navigation attraversano lo stretto di Magellano facendo scalo a Punta Arenas fin dal 1868; oggi, i piroscafi tedeschi si sono aggiunti a quelli inglesi e Punta Arenas è in comunicazione settimanale con Valparaíso, Buenos Aires e l'Europa. In quello stesso anno la città era stata dichiarata porto franco e da allora la popolazione ha continuato ad accrescersi tanto che all'epoca del nostro passaggio è salita a circa quattromilacinquecento abitanti. La classe dei proletari è in gran parte formata da dalmati, gente laboriosa e onesta che si dedica soprattutto alle opere del mare; anche i tedeschi sono assai numerosi e molti hanno acquistato una buona posizione economica grazie al commercio. Tutti i Paesi d'Europa sono rappresentati a Punta Arenas, sia pure per pochi individui soltanto.

Il personale amministrativo si compone di un governatore civile, un cancelliere, alcuni impiegati postali, un esattore delle imposte che funge anche da tesoriere, un chirurgo e un comandante del porto. Questa cittadina patagonica è sede di una missione dei reverendi padri salesiani i quali dispongono inoltre di due stabili, uno nell'isola di Dawson in territorio cileno e l'altro chiamato Missione di Rio Grande, nella zona argentina della Terra del Fuoco, che accolgono un centinaio di fuegini.

L'esempio dell'inglese Reynard che importò greggi di montoni dalle Falkland e fondò una 'estancia' nei dintorni di Punta Arenas è stato seguito con rapidità e ormai l'allevamento di questi animali è diffuso in tutta la Patagonia australe e anche sul lato opposto dello stretto, nella zona pampeana della Terra del Fuoco. Gli 'estancieros' si provvedono di quanto è loro necessario nei magazzini di questa città, grandi empori dove si trova di tutto e dove i cercatori d'oro vendono le rare pepite raccolte nei paraggi desolati tra Capo delle Vergini e Capo Horn.

Il 14 dicembre spiegammo le vele con tempo nebbiosissimo. Nelle gabbie, strane dispense che arieggiano a buon augurio, sono appesi grossi quarti di bue, dono dei padri salesiani. Verso mezzogiorno prendemmo il Magdalena Sound, che insieme al canale di Cockburn separa le isole occidentali dall'arcipelago fuegino propriamente detto. Certi di non poter raggiungere un ancoraggio favorevole prima del tramonto, entrammo nel piccolo 'Porto della Speranza', Hope Harbour, aperto sulle coste dell'isola di Clarence. La navigazione nei canali della Terra del Fuoco è resa molto difficile dalla presenza degli scogli; di giorno è quasi sempre segnalata dall'enorme cumulo di alghe che li ricoprono facendo le veci di segnali per i naviganti, ma avventurarsi durante la notte è cosa da temerari. Per questo dobbiamo procedere con estrema lentezza, scegliendo di giorno un buon ancoraggio per la notte.

Sembra che il Porto della Speranza sia molto frequentato dagli indiani Alakaluf. Speravamo di incontrarne qualcuno, ma riuscimmo a vedere soltanto un 'wigam', come essi chiamano le loro povere capanne, per di piú abbandonato da tempo. Questo wigam era formato di pochi rami d'albero conficcati a terra e intessuti d'altra ramaglia.

Il giorno 15 lasciammo l'ancoraggio verso l'alba, e attorno alle sette avvistammo le pendici del Monte Sarmiento; la vetta è nascosta da una nebbia molto fitta. Nel pomeriggio oltrepassammo la penisola di Brecknock e sentendo salire la marea del largo tentammo l'ingresso in un'insenatura sulle coste settentrionali dell'isola di Londonderry. Ma fu un tentativo inutile, perché le condizioni del mare e la stretta imboccatura del porto ci resero difficile l'accesso e ci costrinsero a tenere la rotta verso est, alla ricerca di un riparo piú sicuro per la notte.

Sono quasi le dieci pomeridiane. L'oscurità non ci consente di navigare oltre, cosí gettiamo l'ancora di sottovento all'isola di Baskes, all'ingresso di una piccola baia verso il centro della costa orientale. I frangenti a pelo d'acqua sono innumerevoli e accusano la presenza di secche. Per l'intera notte il nostro piccolo legno ha continuato a sbandare sotto le violente raffiche di vento che scendono dalle montagne circostanti. Lasciamo la macchina sotto pressione e al primo albeggiare abbandoniamo quell'ancoraggio malsicuro salpando verso il Whale Boat Sound, lungo una rotta disseminata di scogliere e isolotti per nulla affatto segnalati dalle carte di cui disponiamo. Queste carte, seppure imperfettissime, destano però la nostra piú viva ammirazione: chi ebbe a tracciarle dovette percorrere luoghi tanto pieni di pericoli, solcare acque tanto irte di scogli dove la tempesta è legge, con velieri poveri e mal governabili.

Durante il tragitto prima di toccare Ushuaia dovemmo ancorare addirittura tre volte poiché forti uragani di terra ci assalirono in modo brusco e repentino e senza darci tregua. Quando tutto è calmo e cielo e mare non sono turbati da alcun soffio né da fremito visibile, un mormorio sordo scende dalle cime dei monti, rotola lungo i loro fianchi come una valanga rovinosa e poi un sibilo stridente si insinua tra le antenne inclinando la nave tutta di lato quasi opponesse un'immensa velatura; ma dopo qualche istante ogni cosa rientra nella calma piú perfetta e la nave si risolleva.

Finalmente il 21 dicembre alle otto pomeridiane avvistammo la penisola di Ushuaia e dopo due ore e mezzo, aggirata la corona di isolette che la cinge a sud-est, gettammo l'ancora nella baia a dieci metri di profondità.

Ushuaia contende a Punta Arenas l'onore d'essere la

città piú meridionale del mondo; però, malgrado il titolo ufficiale di capitale della Terra del Fuoco, non è che un borgo, una ventina di case in muratura e una cappella in legno. I primi anni dalla sua fondazione furono tragici quanto quelli di Punta Arenas; solo nel 1862, in seguito a una catastrofe, la South American Missionary Society prese sede in città. L'anno seguente la stazione evangelica veniva affidata all'opera del reverendo Thomas Bridges e del suo sostituto John Lawrence; da allora, le memorie storiche di Ushuaia e dei due uomini si sovrappongono e coincidono.

Fin dal giorno in cui i due reverendi giunsero a Ushuaia, alcuni indios della tribú Yagan si unirono a loro e ormai la gran parte degli aborigeni superstiti vive attorno a questa stazione evangelica oppure nei pressi di una succursale fondata a Tekenica Bay, la baia di Orange. Ma ci permettiamo di sollevare qualche dubbio sulla reale conversione dei poveri indigeni, e quanto alla loro condotta morale possiamo assicurare che non è migliorata per nulla.

La mortalità tra gli Yagan raggiunge proporzioni enormi a confronto di quella che si registra tra gli Alakaluf e gli Ona; è opinione degli stessi missionari che entro breve tempo la colonia dei reverendi padri evangelici, come quelle dei reverendi padri salesiani, non avrà piú ragione di esistere.

Da circa dieci anni il reverendo Bridges si è ritirato dal sacerdozio per dedicarsi completamente agli affari. In questo periodo si è recato spesso a Buenos Aires per tenere delle conferenze allo scopo di impietosire l'opinione pubblica sulle sorti dei poveri Yagan. In tal modo ha potuto ottenere dal governo argentino una concessione gratuita di oltre ventimila ettari di terreno un po' a est di Ushuaia, presso l'imboccatura del canale di Beagle, verso il Pacifico, senza alcun dubbio la parte piú bella della Terra del Fuoco. Nel rilasciare tale concessione il governo intendeva evidentemente permettere agli indigeni Yagan l'addestramento ai lavori dell'agricoltura e all'allevamento del bestiame; ma il risultato piú notevole, e il meno prevedibile, è stato di permettere a Thomas Bridges l'accumulo di una fortuna niente affatto disprezzabile.

Montagne imponenti separano Ushuaia dalla zona pampeana, e questo vi rende impossibile l'allevamento dei montoni. La città, quanto mai isolata dalle estancias abitate dai bianchi, non ha mai potuto prosperare; a eccezione dei pubblici funzionari, che formano la maggioranza degli abitanti, solo cinque o sei sono gli amministrati. Essi vivacchiano a stento, alcuni spacciando bevande e altri sorvegliando magazzini di modesta entità, e il credito principale di cui dispongono è loro fornito dai minatori, i quali conducono la piú miserabile delle esistenze cercando l'oro sulle plaghe inospitali della Fuegia.

Ci è stata raccontata la triste storia di un farmacista tedesco: costui, una volta saputo che il governo argentino intendeva fondare una colonia in Terra del Fuoco, non ha esitato a espatriare persuaso che, arrivando tra i primi, avrebbe conseguito una rapida fortuna; ma il poverino confondeva l'America del Sud con l'America del Nord e giunto a Ushuaia pieno di entusiasmo ha dovuto abbandonare ogni illusione e per non morire di fame si è arruolato nell'esercito argentino. Il giorno del nostro arrivo lo vedemmo di guardia al palazzo del governatore.

Da qualche anno Ushuaia è luogo di deportazione per i militari condannati alle pene minori; invece gli assassini e i colpevoli di gravi mancanze alla disciplina sono deportati all'isola degli Stati.

A dispetto della scarsità di amministrati, Ushuaia vanta una discreta quantità di funzionari. Vi sono governatore e segretari, capo della polizia e comandante del porto, un ricevitore delle poste, alcune guardie penitenziarie, e anche un istitutore e un'istitutrice che dispongono di materiale scolastico modernissimo però mancano di scolari: i missionari inglesi hanno scuole proprie e quanto ai funzionari argentini, paragonano il loro soggiorno in questa città a una sorta di esilio che sperano il piú breve possibile e lasciano la famiglia nella metropoli. Gli uffici hanno sede in una palazzina di fronte al molo, molto comoda e adeguatamente ammobiliata ma costruita male con riguardo al clima poiché non vi si può accendere il fuoco. Il medico della nostra spedizione, il dottor Frederick Cook, che visitò Ushuaia d'inverno, ci raccontò d'aver visto i poveri impiegati rattrappiti dal freddo e costretti a battere i denti. Nevica spesso anche d'estate, e la pioggia è frequentissima. Di piú, alla Gobernación di Ushuaia è toccata la grama sorte di trovarsi all'ombra per buona parte del giorno a motivo delle alte montagne che la circondano; d'inverno, l'astro benefico non vi risplende mai.

Come tutte le sottoprefetture della Fuegia e come quella dell'isola degli Stati, Ushuaia è collegata a Buenos Aires da una linea di piroscafi argentini che tenta in ogni modo d'essere regolare e mensile senza mai riuscirvi. Sono navi che fanno servizio postale e importano il necessario per il sostentamento dei coloni giacché il clima è cosí rude da consentire a malapena la coltivazione di qualche legume. Di tanto in tanto portano a un funzionario l'annuncio gradito del richiamo nella metropoli, ma piú spesso conducono nuovi condannati ai bagni penali di Ushuaia e San Giovanni. L'arrivo di queste piccole navi è sempre atteso con impazienza, e accolto con gioia.

Devo aggiungere che, se la posizione di Ushuaia conviene assai mediocremente a quella di capitale, la sua baia spaziosa e ben riparata la rende una stazione navale di prim'ordine, capace di raccogliere una flotta piú numerosa di quella che compone l'Armada Argentina, la quale nondimeno conta un numero non indifferente di unità.

Dopo esserci muniti di una lettera del segretario del governatore, il 23 dicembre, a un'ora antimeridiana, abbandoniamo la baia di Ushuaia diretti al deposito carbonifero argentino situato nei pressi di Lapataia, poche miglia verso ovest. Il dottor Cook rimane con Arctowski alla missione evangelica per continuare gli studi etnografici e antropologici.

Alle nove e trenta gettammo l'ancora a un nodo da una tettoia costruita sulla costa in fondo a una vasta insenatura, sopra la quale leggemmo: "Prima Carbonera Argentina, Junio '96". Fischi di sirena ci annunciano la visita del signor Brussotti, gerente di un'importante segheria fondata sulla riva di un ruscello che si getta nella baia, cui il governo ha affidato la custodia e la contabilità del deposito. Presentammo al signor Brussotti la nostra lettera, e d'accordo con lui prendemmo le debite disposizioni per procedere al carico del prezioso minerale. L'operazione è difficile, e per effettuarla disponiamo solo di un rimorchiatore malandato appena adatto a contenere una cinquantina di sacchi, che accosta lungo il bordo della nostra *Belgica* in un continuo andirivieni. Il lavoro è reso ancora piú disagevole dal tempo pessimo e dal cattivo fondale che ci obbliga a sostenerci sulle nostre ancore ora in un modo ora in un altro.

Il 24 dicembre, verso le sei, Arctowski rientra a bordo accompagnato da due indios che gli avevano fatto da guida nelle foreste dei faggi antartici. Dopo la cena, cui furono invitati i due indigeni, ci accorgiamo che un fuoco acceso da Arctowski sulla riva per attirare la nostra attenzione si sta propagando all'interno della foresta. Invio immediatamente l'equipaggio a terra, munito di secchi, sotto la direzione di Lecointe, con l'ordine di domare l'incendio. In seguito a questa mia deliberazione data al termine di una giornata di gran lavoro, si alza qualche mormorio: secondo gli uomini potevo risparmiare loro tale fatica, per di piú ricorrendo in quel giorno la vigilia di Natale.

Dal canto mio ero lieto di questa occasione che mi dava il pretesto di allontanare l'equipaggio sulle prime ore della sera, perché invano avevo cercato per tutto il giorno un motivo qualsiasi per rimanere solo. Ottenuto l'intento, io e Amundsen prepariamo rapidamente la festicciola che l'equipaggio troverà a bordo quando sarà di ritorno dall'imprevista corvée. Scendiamo nel camerone degli uomini e dopo aver addobbato le cuccette e le tavole con banderuole variopinte schiodiamo le casse che ci vennero offerte alla partenza dagli amici della spedizione, la signora Osterrïeth, il generale Wauwermans, la signora Ramlot e la mia famiglia con la raccomandazione di non aprirle prima di questo giorno. Al centro del camerone alziamo un alberello di Natale e destiniamo a ciascun uomo un pacchetto contenente un anorak ed un pantalone in tela da vela, una maglia d'Islanda, un paio di mezzi guanti e un berretto, offerti dalla spedizione. E poi qualche sorpresa: giochi di pazienza, pipe e borse piene di tabacco, tutti ricordi della nostra buona fata di Anversa, la signora Osterrïeth. Poi preparammo i regali destinati allo Stato Maggiore: porta lapis e sigilli in argento con inciso un motto pieno di promesse, *audaces fortuna juvat*, fazzoletti di seta, libri racchiusi in coperture ricamate portanti le iniziali di ognuno: *Pescatori d'Islanda*, dove Amundsen potrà scorgere un po' di sé nella persona di GrandJean; Balzac per il sognatore Arctowski; per Danco i tre meravigliosi racconti di Flaubert, e anche per Lecointe; per il dottor Frederick Cook i racconti straordinari del suo connazionale Edgar Allan Poe; per Racovitza Zola, e per me, infine, l'ammirevole *Ulenspiegel* di Charles de Coster, che parlerà al mio cuore della Patria lontana, la vecchia, eroica e indomabile Fiandra. Infine, per l'equipaggio come per lo Stato Maggiore vi sono dei deliziosi pasticci preparati a Bruxelles tre mesi orsono ma che per la loro freschezza sembrano composti ieri.

Verso le otto e trenta, avvisato del ritorno del mio equipaggio, intonai l'inno nazionale, la *Brabançonne*. Non appena sul ponte gli uomini rimasero attoniti e pieni di meraviglia, mentre sui loro volti rudi e ingenui si distese viva una gioia luminosa. Feci subito distribuire del grog, e poi Van Rysselberghe e Tollefsen presero la parola a nome dei loro compagni belgi e norvegesi per rinnovarmi le promesse di fedeltà al loro dovere. Li ringraziai delle cordiali parole, esortandoli ancora una volta al reciproco accordo e ricordando loro che la nostra divisa nazionale dev'essere anche quella della *Belgica*. Tutti sono profondamente commossi; sentiamo in questo momento che siamo tutti figli di una medesima famiglia e che per trionfare dobbiamo stringerci cuore a cuore poiché l'ora del pericolo e delle fatiche è assai vicina.

Il 30 dicembre, terminato il carico del combustibile e completata cosí la nostra provvista che raggiunge le centoquaranta tonnellate, salpammo l'ancora per tornare a Ushuaia a riprendere il dottor Cook.

Il 1° gennaio del 1898, a mezzogiorno, compiuti i saluti rituali alle autorità della città fuegina, ci dirigemmo verso Haberton dove il reverendo Lawrence desiderava essere condotto per raggiungere il suo collega Bridges, che anche noi volevamo conoscere. L'amministrazione di Ushuaia, in tale circostanza, ci aveva affidato il corriere per Haberton. La *Belgica* è un postale!

Verso le dieci di sera l'oscurità non ci permise piú di seguire una linea di isolotti che segnavano la rotta, e andammo avanti alla bussola, moderando la velocità e inviando Tollefsen sul posto di scandaglio. Sondammo ventotto metri ma il pericolo non era lontano poiché, venuti di due quarti sul tribordo, sondammo sette metri. Lasciata la barra per venire ancora sul tribordo ne sondammo sei e demmo in secco. Allora facemmo macchina indietro a tutta velocità, ma questa manovra non ebbe alcun risultato, cosicché dovemmo arrestarci e condurre un canotto per scandagliare le acque circostanti.

La *Belgica* si era arenata nei pressi di uno scoglio acuminato, irto a cinque metri e cinquanta sotto il livello del mare; di certo la povera nave tocca una punta di roccia, visto che il suo tiraggio d'acqua è di appena cinque metri. Una corrente molto forte che viene da ovest ci trascina sempre piú verso la scogliera, sulla quale, di conseguenza, siamo rovesciati. Calate tutte le imbarcazioni per alleggerire la nave e spinta la macchina in moto alterno, in avanti e indietro, non abbiamo ottenuto altro risultato che quello di girare leggermente su noi stessi. Quindi ci arrestammo di nuovo, gettando un'ancora a picco sul tribordo e imbragando la gomena all'argano grande adibito alla pesca in acque profonde.

Verso l'alba, attorno all'una e trenta, inviai un canotto a terra per esplorare la corrente di marea che lentamente discendeva e che, verso le tre antimeridiane, obbligò la *Belgica* a sbandare a tribordo. Calate subito le ancore di babordo e messe a croce con quelle di tribordo, risollevata l'ancora a picco per reimmergerla a babordo di traverso, la gomena tesa su quest'ancora è ritirata all'argano; lo scandaglio segnalava quattro metri e venti. Sulle quattro, il figlio maggiore di Mister Bridges ci raggiunge sul ponte accompagnato da alcuni indios Ona per portarci il suo aiuto. Con enormi difficoltà gettammo l'ancora di speranza di tribordo a circa settanta metri dalla secca, verso il largo, ma la nave non ne ebbe alcun vantaggio. Gli Ona assistevano l'equipaggio tutto raccolto attorno all'argano, ma i loro sforzi, quanto quelli del verricello a vapore, riuscirono inutili. Dopodiché stabilimmo con il figlio di Bridges di cercare una chiatta dentro la quale poter gettare tutto il materiale possibile per alleggerire la nave. Il signor Lawrence e il dottor Cook approfittarono dell'accaduto per visitare l'accampamento indio di Haberton. Verso le dieci una nuova imbarcazione arrivò da Haberton e questa volta era un vero e proprio canotto da salvataggio comandato dal capitano Davis del *Phantom* di casa Bridges, il quale ci annunciò che verso le due vi sarebbe stata alta marea ma di poca elevazione. Data la nessuna influenza della marea quando giunse, perdemmo ogni fiducia di salvezza.

La brezza che gradualmente soffiava sempre piú forte da ovest-sud-ovest, e il mare, sempre piú agitato e basso, obbligarono la carena della povera nave a urtare violentemente la roccia fatale. In un attimo spiegammo la piccola vela di gabbia e le vele latine, e simultaneamente facemmo forza sulle catene e sul grosso cavo dell'ancora di tribordo mentre la macchina funzionava a tutto vapore. Ma anche questi sforzi riuscirono vani: il mare si fece impetuoso e la nave urtava lo scoglio ad ogni istante, ciecamente. Nell'attesa che il figlio di Bridges tornasse col pontone, vuotiamo dalla stiva l'acqua dei nostri serbatoi con la pompa a vapore e finalmente il pontone può ancorarsi presso un fianco della *Belgica*. Vi gettiamo sette o otto tonnellate di materiale, ma la nostra nave, pur cosí alleggerita, non si muove affatto, anche sotto la spinta delle gomene tese all'argano centrale.

Spieghiamo tutte le vele mentre il giovane Bridges, il capitano del *Phantom* e gli Ona ci lasciano. La brezza rinfresca ancora e soffia a raffiche impetuose. La nave sbanda a babordo, e visto che è da questo lato che si dovrà naturalmente inclinare con la marea discendente, vi portiamo dei pali da sostegno assicurandoli del nostro meglio. Ma le aste si spezzano e la nave sbanda sempre piú. In quel momento il mare si frange con furia contro il fianco di tribordo e ci inonda da entrambi i lati. Sollevata dai flutti, la *Belgica* si dibatte sulla scogliera che può perforarla da un istante all'altro. La nostra povera nave è vicina al disastro, ha già l'aspetto di un relitto miserabile. E la *Belgica* perduta vuol dire che la spedizione antartica belga è terminata prima ancora di iniziare.

Già durante la notte precedente ebbi davanti agli occhi questa spaventosa eventualità e la completa rovina delle mie speranze. Nell'intervallo tra due manovre ero sceso un momento nella mia cabina e là, devo confessarlo, non avevo saputo trattenere una lacrima.

Risalii, deciso a tentare ancora una volta uno sforzo supremo. Diedi l'ordine di stabilire la piccola vela di gabbia, raccolgo l'intero equipaggio sulle aste dell'argano, mentre al verricello a vapore viene imbragata la gomena, che poi si spezzò sulle catene. La macchina è spinta al massimo, e il cilindro di bassa pressione usato come cilindro di alta. Intanto la nave si solleva per la nuova marea, ma le ondate sempre piú violente ci alzano e ci scaraventano senza tregua contro la scogliera. Improvvisamente, sotto la duplice azione delle forze che la spingono, la nave oscilla su se stessa e segue il movimento delle onde e allora con lena affannosa continuiamo a sollevare l'ancora di speranza, e non senza rammarico tagliamo la gomena dell'ancora a picco, che quindi fummo obbligati ad abbandonare. La brezza di ovest infuriava spaventosamente, ma la *Belgica* era salva.

Lo Stato Maggiore e l'equipaggio hanno dimostrato un'energia e una fiducia ammirevoli. Nell'istante in cui Lecointe giudicava disperata la nostra situazione, come me, avevo pregato Arctowski di aiutarlo a issare la bandiera come saluto supremo alla Patria lontana, e fu proprio nell'attimo in cui la bella bandiera batteva al vento che la *Belgica* sfuggiva allo scoglio. Allora, questo saluto di addio si converte in un saluto di vittoria e Lecointe, con un sangue freddo memorabile, segnala la fortunata coincidenza. Raggiungendomi sulla passerella, mi grida con la sua voce robusta e il sorriso abituale: "Comandante! Siamo di domenica! Guardate, ho fatto issare la bandiera!"

Il giorno successivo, sulle prime ore del mattino, riordinammo la nostra piccola nave tanto subitamente provata dal mare, e andammo alla ricerca di una sorgente per rinnovare la provvista d'acqua potabile. Il tempo era bello; alla tempesta di ovest era seguita una leggera brezza di est e il mare, appena increspato dal vento, permise alla *Belgica* di navigare lievemente e di trovarsi verso le sei pomeridiane nel piccolo porto di Haberton, a una gomena dal

Phantom. Lí, finalmente, ci toccò l'onore di conoscere di persona il piú grande personaggio della Terra del Fuoco, il reverendo Bridges, o meglio Mister Bridges.

Mister Bridges, poiché è cosí che viene chiamato da Capo Horn a Buenos Aires, possiede in riva al mare una casina di assai modesto esteriore ma provvista all'interno di tutte le comodità di una 'home' inglese. A ridosso dell'abitazione si trovano i magazzini, forniti di tutto il necessario, dove i rivenditori al dettaglio di Ushuaia vengono per gli acquisti piú disparati e i cercatori d'oro si riforniscono di conserve alimentari, vestiario e utensili per la loro attività.

L'estancia Bridges è la fattoria piú meridionale del mondo. Vi allevano montoni e grosso bestiame, e recentemente hanno inaugurato una latteria di prim'ordine. Siamo quasi sprovvisti d'acqua e Mister Bridges, che non dispone di alcuna sorgente nei dintorni, può cederci solo due caratelli d'acqua piovana.

Prima di lasciare Haberton visitiamo una tribú di Ona accampata nei dintorni per assistere alla loro partenza per la caccia che li terrà confinati due mesi interi all'interno del desolato Paese. Gli aborigeni del vasto arcipelago che delimita a nord lo stretto di Magellano, sebbene conosciuti sotto il generico nome di 'fuegini', appartengono a tre gruppi che sensibilmente differiscono tra di loro per linee, idioma e costumi: Alakaluf, Yagan e Ona. Gli Alakaluf sono i fuegini piú miserabili, e la loro razza è oggi quasi spenta. Vivono sulle rive del mare nutrendosi di pesci, molluschi e chiocciole. Si deve al loro carattere rivierasco se, come gli Yagan, furono scoperti dai primi navigatori giunti in questa regione, compreso Magellano che li segnala nel 1520. Sono di piccola statura, il viso largo e abbronzato, le gambe arcuate per l'abituale postura rattrappita; sono sporchissimi, e tali vennero giudicati a Parigi dove nel 1881 si diede mostra di un gruppo di questi disgraziati. Gli Alakaluf non hanno quasi alcun rapporto con i bianchi, e nelle missioni se ne trovano ben pochi. Gli Yagan, presso i quali si possono osservare gli stessi caratteri fisici degli Alakaluf, sono meno sudici; anch'essi vivono di pesca ma vanno a caccia di uccelli adoperando fionde che manovrano abilmente, e anche a caccia di foche, con arpioni in legno dalle punte d'ossa di balena. Gli ultimi individui di questa popolazione, un tempo numerosa, industriosa e potente, sono quasi tutti concentrati attorno alle missioni evangeliche di Ushuaia e Tekenica, se non altro al sicuro dalla fame. Qualche viaggiatore li ha fatti passare per antropofagi; ed è vero che dopo ininterrotti giorni di burrasca, impossibilitati a procurarsi qualsivoglia alimento, spinti dalla fame, si vedono costretti a sacrificare uno di loro per la salvezza dell'intera tribú. Non seguono il costume del tatuaggio ma in cambio si dipingono il viso di bianco o di rosso. In altri tempi il loro abbigliamento consistette in una pelle di foca gettata sulle spalle; oggi vestono di avanzi europei, spesso provenienti dagli ospedali delle grandi città, come essi stessi ci dissero.

Dobbiamo alla cortesia del reverendo Bridges un dizionario yaman-inglese di oltre trentamila vocaboli, importante contributo ai nostri rapidi lavori etnografici necessariamente limitati ai soli fuegini poiché le terre antartiche non sono e non possono essere abitate. Faccio memoria dell'erronea supposizione del capitano inglese James Cook, che riteneva abitate le isole antartiche comprese fra il cinquantatreesimo e il settantatreesimo meridiano ovest».

Punta Arenas, 53° 10′ sud e 70° 56′ ovest; Puerto Natales, 51° 44′ sud e 72° 31′ ovest, ultima settimana dell'estate australe, 1990.

Non so se ho molto da raccontare a proposito di questo viaggio, perché è stata soprattutto una storia di paesaggio, e di paesaggio attraversato in macchina. Mi sono fermato spesso per fare fotografie, erano come degli appunti visivi, quella pampa, quella estancia, quel colore della terra, quelle montagne sullo sfondo. Non lo avevo mai fatto: tenevo la macchina fotografica sul sedile accanto, e mi fermavo ogni tanto senza spegnere il motore e qualche volta senza nemmeno scendere, operando solo dal finestrino. Fuori c'era generalmente molto vento.

La strada corre attraverso chilometri e chilometri di pampa desertica, ogni tanto una estancia, ogni tanto una 'foresta morta'. Le estancias sono bellissime, curate, ben dipinte, colorate, con le loro staccionate bianche. Sono casa e fattoria, non hanno il carattere rustico dei nostri agglomerati agricoli, scuri, di mattoni, con le masserizie a vista, qui tutto è pettinato e allegro, almeno a vederlo dal di fuori. Dev'esserci un'idea forte della casa se al cancello della lunga strada che porta alla estancia vera e propria la cassetta della posta è a forma di casa, una casa in miniatura che a volte riproduce quella vera, visibile sullo sfondo.

Dopo pochi chilometri uscendo da Punta Arenas, la Carretera Austral. La Carretera è asfaltata solo a metà, l'altra metà non ha buche particolarmente grandi ma è cosparsa di ghiaietto che le ruote sparano contro la carrozzeria con un rumore di mitraglia costringendoti a limitare la velocità. Il ghiaietto, insieme a sassi piú grossi, viene ovviamente sparato anche contro le altre macchine e per questo molte automobili, e anche la mia, hanno una protezione per il parabrezza che rende complicata la guida. La carreggiata asfaltata della Carretera Austral è quella che scende da nord a sud, e passano cosí poche macchine che si può usarla tranquillamente anche in direzione opposta, spostandosi dall'altra parte all'ultimo momento, quando si incrocia una macchina o un camion. Però non sempre deve funzionare, considerato l'alto numero di piccole lapidi e monumenti funebri, uno ogni quindici o venti chilometri, che ricordano le vittime degli incidenti.

Anch'io me ne stavo sulla parte asfaltata, cercando di andare piú veloce possibile, tenendo conto che tra andata e ritorno avrei dovuto percorrere settecento chilometri. In prossimità di una salita o di una curva o comunque quando non si vedeva piú oltre, rientravo prudentemente nella mia corsia non asfaltata anche se questo comportava una manovra piuttosto complessa, non tanto per il fatto di dover rallentare fino a dimezzare la velocità affinché sassi e ghiaietto non massacrassero la carrozzeria, quanto perché ogni volta, in previsione di incontrare un camion, occorreva abbassare l'armatura di protezione del parabrezza. Questa era costituita da una grata a reticolo in ferro, montata lasciando un certo spazio dal vetro, sufficiente per il movimento dei tergicristalli, e da due finestrelle mobili all'altezza del guidatore e del passeggero. Le finestrelle potevano essere abbassate mediante una cordicella che correva esternamente lungo il parabrezza ed entrava nell'interno della vettura attraverso il finestrino laterale. Chiudendo il vetro si bloccava anche la cordicella e in questo modo si tenevano abbassate le grate. Cambiare corsia, rallentare, scalare marcia, aprire il vetro, tirare la cordicella e metterla in tensione, richiudere il vetro bloccando la cordicella, il tutto senza abbandonare il volante, il tutto senza fermarmi e senza rallentare troppo, dato che non volevo perdere troppo tempo, richiedeva una certa concentrazione e non sempre mi riusciva, tutto questo movimento delle mani finiva per ingarbugliarsi e il risultato era una sbandata nel ghiaietto con il massacrante rumore di ferraglia della carrozzeria.

Il viaggio è stato bellissimo, quasi un'ipnosi del paesaggio. L'averlo fotografato mi impigrisce, e mi trattiene dal descriverlo, ecco il guaio delle fotografie. La prima sosta è stata Villa Tehuelches, nella regione di Laguna Blanca, circa centoventi chilometri a nord di Punta Arenas. È un villaggio di poche case, piuttosto curate, con quella dei carabineros al centro e il pennone con la bandiera cilena. C'era un piccolo bar, una casetta con l'insegna della Coca-Cola, tenuto da una donna anziana con un bel viso e dal marito seduto accanto alla stufa in ghisa. Ho chiesto un caffè e mi sono messo a un tavolino con finestra che dava sulla strada.

Dopo un po' si è fermata un'autobotte e nel bar-casetta è entrato un uomo un po' grasso ma non troppo che ha salutato affettuosamente la donna ed è stato salutato da lei come una presenza normale. Il camionista si è seduto al tavolo vicino al mio e dopo un po' la donna gli ha servito un piatto caldo nel quale si vedeva un bel pezzo di manzo, del brodo e una patata. Dallo spagnolo della donna che glielo serviva mi sembrava di capire che la pietanza non conteneva né grassi né burro. Ho chiesto alla signora se potevo averne anch'io, e lei ha risposto che sí, naturalmente potevo avere la 'cazuela', solo che quella del camionista non era completa perché il camionista «estaba haciendo dieta», e a me ne avrebbe data una normale.

Ho mangiato la mia cazuela mentre fuori il vento muoveva rapidamente le nuvole, e il camionista finiva veloce la sua, e giocava con la signora facendole dei complimenti, scherzando sulla sua seduzione, «Tu mi confondi», e lei si schermiva. C'era la radio accesa, Radio Tierra del Fuego, lo speaker leggeva messaggi per le varie estancias. All'inizio credevo si trattasse di comunicazioni di emergenza ma poi ho capito che era un servizio abituale di Radio Tierra del Fuego. «La señora tale è pregata di mettersi in contatto con la señora tale della estancia tale».

Il camionista è ripartito e io poco dopo di lui, non senza aver rassicurato la señora sulla bontà della sua cucina. Circa l'una, ed ero contento di aver risolto velocemente il pasto e avere ancora una buona mezza giornata per il viaggio. Di nuovo mi sono lasciato prendere da una strana ebbrezza del paesaggio che correva, come un nastro che si srotola veloce e porta immagini, un paesaggio-passaggio, e il viaggio andava avanti, interrotto solo dalle soste per fotografare, e qualche volta, appoggiando l'apparecchio sul tetto della macchina e usando l'autoscatto, mi sono messo anch'io nella fotografia.

Puerto Natales, dove sono arrivato alle tre del pomeriggio, è un paese dalle strade dritte che si intersecano ad angolo retto, le solite casette colorate, una collina che scende lentamente verso un fiordo che si ingolfa nel paesaggio desertico di grandi montagne sullo sfondo, e grande è anche l'estancia sulla riva, dev'essere quella del capitano Eberhard. È la fattoria piú metafisica che abbia mai visto, un enorme edificio alla fine di un fiordo chiuso da montagne di nevi perenni a pelo d'acqua. Ero nella regione di Última Esperanza, e alla fattoria non c'era nessuno, e neanche alla Cueva del Milodón, la 'grotta piú famosa del Sudamerica', distante una dozzina di chilometri. Qui nel 1895 Eberhard, piú o meno all'epoca in cui suo fratello proseguí per la California e avviò la fabbrica di celebri orologi, trovò la pelle perfettamente conservata di un grosso animale preistorico cui diede il nome di milodonte. Ho passato un pomeriggio in quella grotta, avevo letto i libri degli studiosi e dei viaggiatori che dall'inizio del secolo erano arrivati fin qui, compreso quello di Bruce Chatwin. Ma la cosa piú sorprendente era l'apertura della grotta, una lunga apertura ovale, come un sorriso, e il fatto che la roccia in cui era scavata non apparteneva per forma e composizione al resto del paesaggio. Sembrava un meteorite piombato lí, con dentro il milodonte.

Ho rabboccato il serbatoio di benzina per sicurezza, e sono ripartito. D'ora in poi la strada è completamente sterrata. Ho dato un passaggio a un uomo di mezza età piuttosto magro e al bambino che era con lui. Superando l'estancia, sulla riva del fiordo, gli ho chiesto se era ancora in funzione e lui me ne ha raccontato la storia, solo che il suo spagnolo era cosí stretto che non ho capito granché. Li ho lasciati pochi chilometri piú avanti, di fronte a una cinquantina di cavalli che l'uomo mi ha indicato come suoi. Gli ho fatto i complimenti, ho salutato il bambino e sono ripartito. Per tutto il tempo ho pensato alla storia del capitano Eberhard e a come proprio con il milodonte si aprisse il libro di Chatwin sulla Patagonia.

Uscendo dalla strada sterrata mi sono sbagliato, invece di ritornare sulla statale ho girato a destra, e me ne sono accorto solo dopo una decina di chilometri quando mi sono trovato di fronte a un bivio senza piú alcuna indicazione. Una delle due strade scendeva rapidamente verso un'estancia straordinariamente bella, e finiva davanti al cancello chiuso. La luce del tardo pomeriggio era molto contrastata tra il giallo compatto e l'ocra scuro dei campi, il colore dell'acqua e quello delle montagne attorno, era un paesaggio bellissimo, ed è solo grazie a un errore che l'ho visto. Ancora una volta ho provato il desiderio di bussare al cancello di questa estancia, di parlare con i proprietari, di conoscere la loro vita e la loro storia, di sapere se sono gli eredi dei grandi estancieros che in due secoli fecero la fortuna di questa terra o se invece sono dei nuovi proprietari, senza storia alle spalle.

Sono tornato indietro fino alla statale che porta al Paine, l'ho imboccata continuando a salire verso nord. In realtà non volevo andare al Paine; volevo avvicinarmi il piú possibile fino a vederlo almeno da lontano ma senza raggiungere il parco nazionale e soprattutto senza fermarmi per dormire. Roderigo de Castro mi aveva detto che il Paine è molto bello ma grosso modo come le nostre Dolomiti, e non voglio che un paesaggio come quello delle Dolomiti entri in questo paesaggio patagonico di cui sono assetato.

Ho deciso di proseguire fino alle sette di sera dopodiché se vedevo le montagne bene, altrimenti avrei comunque girato la macchina e sarei tornato indietro. E cosí ho fatto. Alle sette e qualche minuto, appena passata una locanda che mi pare si chiamasse Las Estrellas, ho fatto dietrofront. Ho pensato di mangiare subito. La locanda, in legno bianco e azzurro, aveva un interno bellissimo e semplice, un salone con banco da bar e tavoli che finiva in una specie di salottino con finestre a saliscendi e un oblò da cui si vedeva il paesaggio al tramonto. Alle pareti c'erano due quadri, uno, una tempera, rappresentava Puerto Natales d'inverno, con l'estancia sul bordo del fiume, le montagne bianche di neve e un vapore attraccato al piccolo molo; c'era anche, dipinta ad olio, una grande mappa del Paine. Invece alla parete del tavolino dove ho cenato, la fotocopia di un autografo, la poesia all'*Árbol*, scritta in questo posto, in questa casa, da Gabriela Mistral, premio Nobel per la letteratura nel 1945. Sono ripartito dalla locanda verso le otto salutando l'unica persona che avevo visto, che mi aveva dato da mangiare e con la quale avevo scambiato qualche parola, un giovane tra i venticinque e i trenta, alto e magro e con una certa consapevolezza del luogo. Aveva detto: «Mezz'ora fino a Puerto Natales e poi due ore e mezzo per Punta Arenas».

C'era ancora un tenue filo di azzurro quando mi sono fermato al posto di 'Controllo obbligato' all'uscita da Puerto Natales. Un carabinero con gli occhiali è uscito dalla casetta. Gli ho dato i documenti, un po' preoccupato per la patente che non è internazionale, e lui è rientrato per controllarli. Quando è tornato mi ha chiesto se ero già passato di lí e da quanto tempo. Gli ho risposto che ero passato in direzione Puerto Natales piú o meno verso le due del pomeriggio. Mi ha chiesto come mai il passaggio non era stato trascritto. Gli ho risposto che non lo sapevo, che non dipendeva da me e che io mi ero fermato e avevo dato il passaporto a un suo collega. È tornato nella casetta e dopo un attimo è uscito di nuovo, mi ha restituito i documenti e mi ha chiesto se potevo portare un sacchetto di plastica, con dentro un pacchetto, al posto di controllo successivo, circa cento chilometri piú a sud verso Punta Arenas. Ho notato che il suo cappotto era ben fatto, di una bella stoffa calda, a pelo quasi lungo, lo Stato dava buone uniformi ai suoi carabineros.

Ero molto contento di portare il pacchetto perché questo risolveva ogni problema lí e probabilmente anche alla stazione successiva. Ho appoggiato il pacchetto sul sedile accanto, sono ripartito. È scesa la notte e ovviamente sono andato piú piano che all'andata ma non avevo le soste delle fotografie. Le distanze mi sembravano molto piú lunghe, vedevo i fari di una macchina o di un camion in grande lontananza ma c'era parecchio da aspettare prima di incrociare realmente chi veniva in senso inverso, con tutta la solita operazione della protezione del parabrezza. Preso dalla strada e dalla notte mi ero quasi dimenticato del pacchetto e il posto di blocco è comparso dal nulla dopo una curva. Mi sono fermato decisamente accanto alla casetta. È corso subito fuori un carabinero con la torcia elettrica, come avevo immaginato era stato avvertito per telefono. Anche lui portava gli occhiali. Gli ho dato il pacchetto. Si è messo quasi sull'attenti, ha detto «Altamente grato por la molestia», lo ha detto con un tono quasi solenne, e io ero cosí sorpreso che ho risposto in italiano «Si figuri». Naturalmente i documenti non mi sono stati chiesti, e sono ripartito con saluti. Sulla plastica del pacchetto era scritto a penna il nome del destinatario, «Señor Escobar».

Ho ripreso il viaggio e ad un certo momento, guardando dal finestrino, mi sono accorto che il cielo non era nuvoloso, come credevo, ma limpido. Ho fermato la macchina in un punto che mi sembrava sicuro, ho spento il motore e le luci, sono sceso e mi sono messo a guardare le stelle. C'era un silenzio totale a parte il consueto rumore del vento. Mi sembrava che ci fossero molte piú stelle, e non riuscivo a ricomporle nelle costellazioni a me conosciute, e mi sembrava che la terra conservasse lo spirito di chi l'aveva abitata e attraversata prima di me e che quello spirito, nel silenzio di ogni rumore umano e nel buio, a parte una sottilissima lingua piú chiara all'orizzonte, potesse essere ascoltato.

A mezzanotte e un quarto, piú o meno nel tempo previsto, sono arrivato a Punta Arenas.

Dall'isola degli Stati a Punta Arenas, marzo-maggio 1882. Spedizione Bove.

«Il 28 marzo 1882 levammo l'ancora e lasciammo Porto Cook. Speravo che il maltempo dei giorni precedenti ci avrebbe dato un po' di tregua ma non fu cosí. Prima ancora di doppiare Punta Baily un furioso temporale da ovest-sud-ovest si precipitò contro di noi come un nemico all'attacco. Vi fu appena il tempo di ammainare le vele che l'albero maestro, già indebolito, si piegò come un arco di freccia. E questo fu il principio di una lunga serie di venti straordinari, piovaschi e nevicate fitte che ci impedirono di raggiungere lo stretto di Magellano spingendoci tra Rio Gallegos e le Malvine prima di poter dare vela sufficiente a sostenere la nave contro il mare.

Continuavo a interrogare il barometro per ricevere indicazioni, ma non ebbi risposte come quelle che si ottengono a climi piú temperati. Le mie poche osservazioni mi inducono a considerare questo strumento della piú infima utilità per chi deve raggiungere Capo Horn. Invece il capitano FitzRoy, che piú di ogni altro navigò e studiò l'estremità dell'America Meridionale, si fece un'idea migliore di questo strumento pregevole e lo considerò utile in questi paraggi non meno che in altri.

Ho sotto gli occhi le osservazioni meteorologiche del capitano King nell'isola degli Stati e quelle che abbiamo steso noi nella stessa località già battuta dall'illustre marinaio inglese col suo battello *Adventure*. Che strana coincidenza di tempi e di fenomeni! Sarebbe sufficiente cambiare l'indicazione dell'anno e le nostre osservazioni si potrebbero sostituire con quelle dell'*Adventure* e queste con le nostre. Ciò prova che la natura è governata dall'imperscrutabile legge del cerchio, e probabilmente questo cerchio è meno ampio di quanto si crede.

Avvistammo la costa meridionale di Rio Gallegos solo la mattina del 4 aprile. Immediatamente facemmo rotta in quella direzione con l'intenzione di imboccare il fiume e la speranza che il tempo buono ci consentisse di prendere subito lo stretto; ma appena toccata la barra, il vento cadde e le correnti ci spinsero al largo.

Alle dieci della mattina del 5 calammo l'ancora sotto Capo delle Vergini. Era chiaro che l'ancora non ci reggeva, e il fatto ci si rese evidente mentre spiegavamo la vela di gabbia inferiore, l'unica che un fortissimo vento ovest-sud-ovest ci permetteva: l'ancora si era spezzata nell'asta con una sezione talmente regolare da sembrare tranciata con una tenaglia titanica. Il temporale finí e imboccammo il Rio de Santa Cruz; ma il tempo pareva congiurare contro di me perché dopo poche miglia il vento cambiò, prima ovest-nord-ovest e poi subito nord-nord-est.

Prendemmo la via dello stretto la notte del 9. Alle quattro di mattina del giorno seguente dopo una nottata lunga e piena d'angoscia ancorammo nella Bahía Posesión a tre miglia da Punta Tandy e un miglio circa dal banco di Narrow. Invano cercammo la boa che segnala questa insidia e altrettanto invano cercammo la boa del successivo banco di Orange. Piú tardi incontrammo quest'ultima boa arenata nella 'Prima Strettoia', First Narrow. Lo spostamento della boa in un luogo pieno di banchi che muta d'aspetto secondo la marea è assai pregiudizievole per la navigazione. Durante la nostra breve e forzata permanenza nella Bahía Posesión toccammo con mano, è il caso di dirlo, la necessità di una guardianeria piú regolare dello stretto.

Entrarono due bastimenti a vapore, uno la sera seguente il nostro arrivo e l'altro la mattina dopo. Entrambi cercavano la boa del banco di Orange, ed erano sorpresi di non averla ancora trovata essendosi spinti cosí tanto verso la Prima Strettoia. Si incontrarono sul banco: il primo accostò a dritta, si ritrovò con la prua inchiodata al banco e ci passò tutta la notte del 10 e parte dell'11; il secondo accostò a mancina e si ingolfò con la marea decrescente in una specie di baia, situata a ponente del banco di Orange. Il poverino continuò a girare su se stesso come un topo preso nella topaia e noi ridevamo ad ogni suo tentativo; ma com'è vero che ride bene chi ride ultimo, quello ben presto riuscí a sfuggire alla trappola prendendo a ovest mentre noi restammo a consumarci nella Bahía Posesión.

Con vento fresco da sud-sud-ovest il mare che si alza è straordinario, non per l'altezza ma per la vivacità dei movimenti. La successione rapida delle onde l'una di seguito all'altra e il loro rompersi in mille direzioni hanno qualcosa di prodigioso. Le catene perdono presto di elasticità con la serie continua di scrolloni e strattoni che ricevono, e non fosse per l'eccellente qualità del terreno che forma il fondo della baia credo che nessun battello potrebbe tenere l'ancoraggio in queste acque.

Mi contrariava molto il continuo andirivieni di bastimenti a vapore che imboccavano lo stretto o ne fuoriuscivano burlandosi del vento e della corrente mentre noi spiavamo attenti sia l'uno sia l'altra: se il vento era favorevole la corrente era contraria, o viceversa. Alla fine si combinarono a nostro favore ed entrammo nella Prima Strettoia.

La velatura non era ancora del tutto spiegata quando udimmo il grido di "Uomo in mare!" Era il mozzo Ramón; mentre scandagliava, lo scandaglio gli si era avvolto alle gambe e il peso del piombo lo aveva trascinato e fu proprio questo a salvarlo perché la manovra piú pronta, il piú rapido lavoro di armatura delle vele avrebbe richiesto del tempo e intanto quel disgraziato giovane sarebbe stato portato dalla corrente a non meno di quattro miglia da lí. Oltrepassata la Prima Strettoia, vento e corrente cambiarono di nuovo e ci costrinsero ad ancorare nella Philip Bay. Salpammo la mattina successiva e ancorammo a Gregory Bay, all'ingresso della Seconda Strettoia.

La lenta marcia della *Cabo de Hornos* con la sua complicata velatura e altre considerazioni che ora sarebbe ozioso ricordare mi avevano convinto che non potevo contare su questo battello per l'esplorazione della Terra del Fuoco. Dapprima ero stato intenzionato a chiedere nuove istruzioni ma poi, interpretando meglio quelle già ricevute, mi ritenni autorizzato a non lasciare intentato alcun espediente per condurre il mio incarico al piú onorevole degli esiti. E poiché Punta Arenas non distava molto dal luogo del nostro ancoraggio decisi di recarmi in quella colonia per procurarmi un battello piú piccolo con cui visitare il canale di Beagle, la baia del Buon Successo e la costa orientale della Terra del Fuoco. Esposi i miei progetti al comandante Piedrabuena che li trovò ragionevoli. Dicendo addio al buon comandante cavalcai verso Punta Arenas.

I cavalli me li aveva forniti il colono Donato Benítez, mezzo italiano, un matto originale che durante l'intero viaggio non fece che cantare e ridere, ridere e cantare, interrompendosi solo per fare ad alta voce conti su conti del denaro che sperava di ottenere dalla mia generosità. La regola generale è che tanto si porta nella già citata colonia altrettanto si deve lasciare, e andarsene senza un centesimo è una di quelle vergogne che obbligano a nascondersi per sempre tra quattro pareti o a tenere costantemente il coltello in pugno. Questi sentimenti non sono esclusivi degli abitanti di Punta Arenas, al contrario sono comuni a tutti gli abitanti dello stretto. E se a gente di tali sentimenti si aggiunge un buon numero di beoni e fanfaroni di spirito ingrato, si ottiene un'idea precisa di questa popolazione. Stringe veramente il cuore vedere tanti disgraziati abbrutiti dall'alcolismo, malattia terribile che sembra affliggere tutti coloro che risiedono stabilmente o temporaneamente a Punta Arenas. Molti parlano con disprezzo dell'immoralità cilena, ma con questi mariti, questi padri, questi fratelli, si è condannati a forza; la miseria, le facili occasioni e i cattivi esempi cospirano ai danni di questi infelici, e di Lucrezie non è pieno il mondo?

Alle otto del 19 aprile tutto era pronto e montammo a cavallo. Erano della comitiva il professor Lovisato, studioso di mineralogia, e il signor Ottolenghi, preparatore della spedizione; la carovana era formata di quattro cavalli da sella e due da tiro. In quali condizioni io versassi dopo qualche ora di cavalcata è facile da immaginare: per quanto cambiassi posizione il dolore non cambiava e per maggiore disgrazia mi era toccato un cavallo indio incapace di tenere il passo, il trotto o il piccolo galoppo; nemmeno muovevo le gambe che già volava piú veloce del vento come fossimo a caccia di guanachi. Mi balenò alla mente che avremmo potuto imbatterci in un branco di questi animali e il mio timore aumentò, ma quando ne incontrammo quella furia non diede mostra di ulteriore eccitazione.

Era la prima volta che vedevo il guanaco e potei constatare il suo stadio eminentemente selvaggio. In due o tre occasioni valli e piccole alture per lo spazio di alcuni chilometri quadrati ne furono letteralmente ricoperti; visti da lontano sembravano un esercito in attesa di un attacco. Ed era la verità! Mano a mano che avanzavamo le staffette correvano da un avamposto all'altro, e se noi procedevamo verso di loro gli avamposti ripiegavano e rientravano nel corpo principale. L'allarme si diffondeva: si udiva una specie di sbuffo e subito un'immensa nube di polvere segnalava la piú precipitosa delle ritirate. Si accampavano altrove, gli avamposti spiccavano dalle fila e le sentinelle tornavano in postazione.

Con un sistema di spionaggio cosí ben organizzato, avvicinare un branco di guanachi è molto difficile. Gli indios Tehuelche li cacciano accerchiandoli da lati diversi, aizzando loro contro cani ammaestrati a quello scopo, spaventandoli con fuochi e grida; a poco a poco l'ampio cerchio primitivo va chiudendosi e i poveri animali, incalzati da ogni parte, si urtano, cadono, si stringono l'uno all'altro come se ognuno cercasse aiuto nell'altro, ed è a quel punto che le *bolas* fanno il proprio lavoro abbattendo decine di individui. Ai cacciatori giovani e inesperti tocca il compito di dare il *golpe de misericordia* ai caduti mentre i vecchi mettono mano ad altre *bolas*, muovendo sempre piú verso il centro. Se la caccia è abbondante non manca una conclusione ancora piú tragica a causa dei numerosi puma, i leoni della pampa, che giungono in quel momento.

Galoppavamo in una pianura vasta e ondulata coperta da un manto uniforme d'erba tenera, interrotta qua e là da lande piú desolate. Per ore e ore non vedemmo creatura vivente a parte noi stessi; Donato Benítez, che all'inizio cantava credo per evitare il malaugurio del silenzio che ci attorniava, preso dalla malinconia di quella regione desertica un po' per volta tacque.

Alle tre Benítez diede il segnale di alt. Scendemmo da cavallo tra alcuni cespugli sul fondo di una vallata, ai bordi di una laguna minuscola. C'era un cavallo morto, e i resti di un fuoco e alcuni frammenti di pelle di guanaco e di pecora ci dissero che quel luogo era frequentato dalle carovane provenienti o dirette a Gregory Bay. In effetti tra Gregory Bay e la Cabecera del Mar questa è l'unica località a offrire legna, foraggio per i cavalli e acqua; gli indios Tehuelche la chiamano Oasi Saba e fino a pochi anni orsono si davano appuntamento qui, nella loro discesa verso il mare.

Il giorno successivo alle sei di mattina eravamo di nuovo in marcia. Procedendo verso ovest il paesaggio si faceva progressivamente frastagliato e irregolare, gole e colline si susseguivano e il terreno diveniva piú umido. L'aumento della vegetazione e le paludi che ad ogni piè sospinto si presentavano sul nostro cammino lasciavano intuire che oltre l'Oasi Saba la pioggia non era tanto scarsa quanto nella Gregory Bay o nella Bahía Posesión. Inoltre rilevammo un incremento della vita animale: stormi di anitre selvatiche coronavano la cima delle colline e le lagune pullulavano d'anitre e di cigni. Credo che sparando a caso in quella massa in movimento nessun pallino sarebbe andato perduto. Era questo il bello: non incontrare nessuno, come il giorno prima; essere nel bel mezzo del deserto senza alcuna distrazione a interrompere la monotonia del viaggio, solo le Ande da un lato e la Terra del Fuoco dall'altro.

La cordigliera patagonica non può competere con la sua sorella del nord, che tutto d'un tratto si leva dal mare; però impressiona il viaggiatore molto piú della seconda. Le gole morbide e le cime tondeggianti hanno termine e chi guarda la catena delle Ande vede soltanto un immenso susseguirsi di monti innevati. In lontananza, le montagne della Terra del Fuoco formano l'ala sinistra del grandioso anfiteatro che si dispiegava davanti a noi; da quelle stesse creste si innalzava, limpida e immacolata, la piú sublime delle cime fuegine, il Monte Sarmiento. Sotto quel magnifico panorama giungemmo a Porto Pecket.

A poca distanza da noi, sulla sinistra, si alzò una colonna di fumo, poi una seconda, poi una terza, e infine vedemmo un uomo a cavallo allo sbocco di una gola. Alle colonne di fumo rispondemmo con altre colonne di fumo, e per produrle bastò gettare a terra un fiammifero acceso; il fuoco si accese all'istante e le fiamme si levarono serpeggiando con incredibile rapidità in ogni direzione. Dei gauchos mi raccontarono che accendere un fuoco nella pampa dopo una grande siccità è il maggior pericolo cui ci si possa esporre perché nessun cavallo, per quanto veloce, può battere la rapidità con cui si propaga l'incendio. La fiammella prodotta da un sigaro gettato a terra inavvertitamente si estende in un lampo per centinaia di metri quadrati e poi non c'è forza sufficiente a contenerlo; mentre si estende cresce in velocità, invade valli, copre colline, valica monti, guada fiumi, e divora ogni cosa che incontra sul cammino.

Pensammo che quei fuochi indicassero un accampamento di indios, ma poi Donato riconobbe un 'peón' del medico di Punta Arenas. Erano tredici giorni che aspettava sulla riva orientale della Cabecera del Mar l'arrivo di un vapore con un migliaio di pecore; dovevano avviare una grande fattoria che il governo cileno aveva concesso al dottor Fetton come premio per gli ampi servigi resi. Scambiate poche parole con lui proseguimmo fino al termine della Cabecera del Mar. Questo nome indica un'ampia laguna salata comunicante con Porto Pecket per via di un piccolo canale; in condizioni di bassa marea il canale è guadabile con facilità ma passato quel momento si è obbligati a prendere la cabecera allungando il percorso di dieci o dodici miglia.

La notte ci sorprese a Rio Pescado, se 'rio' può dirsi un ruscelletto misero che si getta nel porto di Schoal. Smontammo, lasciammo liberi i nostri esausti ronzini e ci dedicammo all'accampamento. Non potevamo trovare luogo piú ingrato! In quattro che eravamo non riuscimmo a trovare legna sufficiente per mettere a bollire l'acqua della marmitta, né degli alberi cui fissare la nostra tenda. Cenammo malamente e la notte fu ancora peggiore; sperammo di rifarci il giorno successivo.

Prima dell'aurora galoppavamo sull'altopiano tra Rio Pescado e Cabo Negro. Via via che percorrevamo quel promontorio il paese mutava d'aspetto con rapidità e sebbene alcuni arbusti ci annunciassero la vicinanza delle foreste fummo non poco sorpresi di incontrarne all'improvviso nel bel mezzo della pampa, quasi senza accorgercene, tanto repentino è il passaggio dalla pampa alle regioni piú selvagge. Nel bosco trovammo accampata la famiglia Clarke che dirigeva verso Santa Cruz dove avrebbe svernato. Approfittai dell'opportunità per informare il delegato señor Moyano dell'andamento della nostra spedizione.

Da Cabo Negro il percorso procede costantemente tra un profondo precipizio e il mare; è un passo faticoso per gli uomini come per i cavalli a causa del gran numero di torrenti, alberi e pietre che interrompono il percorso.

Due o tre giorni dopo giungemmo a Punta Arenas, dove la notizia del mio arrivo mi aveva preceduto. Avevano saputo della mia intenzione di procurarmi una nave e mi accolsero con entusiasmo tra mille profferte di amicizia, ma tali dimostrazioni scemarono appena si accorsero che volevo condurre l'operazione in massima parsimonia. Qualche giorno dopo il nostro arrivo giunse la *Cabo de Hornos*, e con il comandante Piedrabuena decidemmo di noleggiare la goletta *San José*, quella che offriva il contratto piú vantaggioso. Tra l'altro il capitano di quel battello, il capitano Pritchard, era noto come il piú abile tra i balenieri della Terra del Fuoco.

Un resoconto poco lusinghiero sul capitano Pritchard può sembrare ingeneroso da parte mia dopo la disgrazia che gli capitò; e molti penseranno che gli voglia addossare la responsabilità del naufragio della *San José*. Il fatto è che, pur cortese e rispettoso, il capitano Pritchard presentava un difetto molto diffuso tra i suoi compatrioti e cioè l'estrema audacia nella buona sorte e l'estremo scoramento nella sorte avversa. Ma poiché la fortuna sembra per lo piú incoronare la fronte degli audaci, io stesso sarei il primo ad affidargli nuovamente la nave e anche i marinai.

Mentre la *San José* si preparava, il sottotenente señor Roncagli allestiva una spedizione al largo della costa patagonica tra Capo delle Vergini e Santa Cruz. Scopo del viaggio era studiare l'idrografia della regione e verificare la possibilità di impiantare fattorie a sud di Santa Cruz. Si decise che i professori Lovisato e Spegazzini, il geologo e il botanico, mi avrebbero accompagnato a sud mentre il signor Ottolenghi si sarebbe unito alla spedizione di Roncagli; quanto al signor Vinciguerra, il nostro zoologo, credetti meglio lasciarlo a Punta Arenas.

Concordammo come data della partenza il 1° di maggio. La sera precedente ebbi l'onore d'essere invitato dal governatore di Punta Arenas, e Sua Eccellenza si mostrò molto cortese. Brindò molte volte alla salute dei presidenti della Repubblica argentina e della Repubblica cilena auspicando che la rivalità tra le due sorelle americane avesse termine e che la stretta di mano dei due presidenti attraverso le Ande fosse il principio di un'era felice e prospera per entrambi i Paesi.

Sotto l'amministrazione dell'attuale governatore si è registrato un progresso sensibile a Punta Arenas. Le generose concessioni del governo cileno hanno attratto molti coloni, e come ho già avuto modo di riferire vi sono non meno di dieci colonie tra Bahía del Agua Fresca e Gregory Bay: un argentino si è stabilito a Voces Bay, l'isola di Dawson è stata concessa ai signori Schröder e Porter, Isla Isabel al console inglese signor Reindel, e la Bahía de Gente Grande a due compagnie cilene in cerca di giacimenti auriferi. Queste due compagnie hanno lavorato per tre o quattro mesi ma con poco risultato; dicono che faranno ritorno la prossima primavera e avranno mezzi piú efficaci».

Punta Arenas, 53° 10′ sud e 70° 56′ ovest; Fuerte Bulnes, 53° 37′ sud e 70° 55′ ovest, ultima settimana dell'estate australe, 1990.

Sono stato incerto se tenere la macchina per il secondo giorno, come concordato con l'agenzia, o riportarla. Avevo ancora un paio di centinaia di chilometri forfettari e alla fine ho preferito tenerla. Ho deciso di andare a Fuerte Bulnes, circa una sessantina di chilometri di strada bianca. Sono uscito dalla città in direzione sud-ovest, la strada costeggiava lo stretto di Magellano, e ho visto il relitto di un grande scafo, perfettamente dritto, con la prua puntata sulla spiaggia e la parte poppiera totalmente immersa nell'acqua, arenato lí. Mi sono fermato, un cartello ne ricordava il nome, era la fregata inglese *Lonsdale*. Ne restavano solo costole di metallo, come lo scheletro di una balena, riverniciate con dell'antiruggine grigio, una manutenzione da pronto soccorso. Mi era sembrato lo stesso relitto fotografato nel libro di Chatwin; la sera ho controllato: la foto non recava il nome, diceva solo «Relitto a P.ta Arenas», ma erano i resti della stessa nave.

Per cinquanta chilometri ho costeggiato lo stretto, sempre nello stesso paesaggio piú o meno, campi color giallo compatto sulla destra, e mare grigio e terre grigie lontane oltre l'acqua, sulla sinistra. Un certo spirito però inizia a circolare: Fuerte Bulnes, termine della strada e del percorso, è un fortino militare, in tronchi di legno, come quelli con cui si gioca da bambini; è stato restaurato e ricostruito, e dove i lavori sono ancora in corso si vedono dei tondini di ferro che attraversano i tronchi e si radicano in solide basi di cemento armato. Scattando le fotografie ho cercato di escludere i cartelli e le lapidi celebrative, è un mio vezzo, fotografo 'fuori dal tempo' retrodatando il mio viaggio in qualche modo o cercando di attribuire al viaggio un carattere di esplorazione.

Partendo da Fuerte Bulnes era già mezzogiorno passato e ho deciso di mangiare o almeno bere qualcosa. Nel piccolo paese, accanto al cimitero sulla riva, una delle sei o sette case aveva un'insegna della Coca-Cola. Era un posto poverissimo. Ho chiesto alla signora se potevo mangiare, lei mi ha detto sí, ma solo pesce, ho cercato di capire di che pesce si trattava ma non c'è stato verso. Ho accettato ugualmente e lei mi ha condotto in una stanza con una finestra, un unico tavolo rotondo e una sola sedia che la signora ha scostato dal muro apposta per me. Ha passato un panno sulla tovaglia cerata che è rimasta grigia come prima, poi è andata di là. Accanto a un divanetto di plastica c'era una bombola del gas e un enorme frigorifero. Ho aspettato pieno di rassegnazione ma meno a lungo di quanto credessi. Alla fine ho pagato e sono andato via.

Tornato a Punta Arenas, solo ore perse e appuntamenti mancati. Sono andato di nuovo alla Zona Franca per comprare delle pellicole, arrivando tardi alla chiesa dei salesiani, almeno un'ora di ritardo. «Il padre ha aspettato fino alle tre e dieci, tre e venti, poi è andato a passeggiare», ha detto il custode del museo. Poi all'Hotel Cabo de Hornos ho chiesto notizie sul volo per l'Antartide e mi è stato risposto che forse veniva rinviato di un giorno per le cattive condizioni atmosferiche e comunque alle sette di sera ci sarebbe stato un meeting all'ultimo piano dell'albergo. Sono ritornato alla «Prensa Austral», ho parlato col señor Enrique Flores, aveva preparato un elenco di jugoslavi che ho fotocopiato nel negozio accanto, ma prima ho dovuto sorbirmi una visita dettagliata del giornale: fotocomposizione, laboratorio fotografico, redazione, archivio, tutto mi è stato spiegato con dovizia di particolari e tutto era perfettamente identico all'attrezzatura e agli arredi di un giornale italiano, perfino la stecca con le edizioni degli ultimi giorni. Mi è sembrata un'enorme perdita di tempo, non sapevo come andare via.

La prospettiva di non partire il giorno dopo e la possibilità che il viaggio in Antartide venga accorciato o annullato mi hanno molto depresso, o forse è l'avvicinarsi del viaggio; fin qui ho potuto immaginarlo e sperarlo come volevo, adesso accadrà, e non potrà essere diverso da come sarà. Con questi sentimenti ho salito le due rampe di scale della mia stanza d'albergo, poi ho sperato di parlare presto con il conservatore del museo salesiano.

Il giorno dopo ho cercato di ridurre al minimo la lentezza con cui entro nella giornata. Sfruttando la macchina, che potevo tenere fino alle undici, sono andato di nuovo alla Zona Franca, ho comprato guanti e berretto di lana e altri due rulli fotografici per sicurezza. Sono andato di nuovo in direzione Fuerte Bulnes perché volevo fermarmi al relitto della *Lonsdale* e trascrivere il testo del cartello, che in parte è risultato incomprensibile per via delle macchie di vernice, non so se volontarie o no. Sono arrivato ancora una volta in ritardo all'appuntamento con il conservatore del museo; quando ho bussato ai vetri della finestra, come mi avevano detto di fare, il custode è venuto ad aprire la porta, ha detto come al solito che il padre aveva aspettato e poi era andato a passeggiare ma che se volevo potevo visitare di nuovo il museo. Ne ho approfittato per trascrivere il testo della croce tombale del capitano della *Beagle*, e per scattare una o due fotografie, cosa vietata dal cartello all'ingresso, nella sala dove ogni cosa era affastellata, dove il museo sembrava piú in disordine. Dopo un po' ho detto al custode che il mio destino era legato alla meteorologia e all'aereo e se potevo sarei tornato nel pomeriggio, oppure rientrando dall'Antartide.

Il cimitero era lí di fronte. Al centro, in una specie di piccola piazza, c'erano le tombe monumentali delle grandi famiglie, la tomba di José Menéndez, quella dei Braun, le tombe delle società di Mutuo Soccorso italiana, francese, jugoslava, con l'anno della fondazione, quelle dei bomberos e quelle dei carabineros. Subito dietro le tombe monumentali, quasi ad indicare le linee di sviluppo del cimitero, c'erano tumuli piú piccoli, a giardinetto, con lapidi inglesi, tedesche, francesi e slave. Ho chiesto al custode se c'erano anche le tombe degli indios e lui mi ha risposto che al fondo del cimitero una grande tomba era dedicata all'Indio Ignoto, subito accanto a quella di un indio con nome e cognome. Mentre andavo da quella parte ho visto molte tombe poverissime, costituite di una piccola inferriata la cui vernice originaria, bianca o celeste o rosa, si era ampiamente scrostata e nel complesso sembravano letti per bambini. Una di queste era la tomba dell'indio noto, ma poteva appartenere a qualsiasi poveraccio; a lato la tomba monumentale, con la statua di un indio in piedi e una lapide che diceva affetto, riconoscenza e sensi di colpa. Il mare si vedeva sullo sfondo, oltre la cinta del cimitero, contro un cielo limpidissimo con cirri sottili e allungati dal vento.

Da Punta Arenas alla Terra del Fuoco, maggio-giugno 1882. Spedizione Bove.

«La mattina del 3 maggio costeggiavamo lo stretto di Magellano sotto un vento fresco che soffiava da ovest ma all'altezza di Capo Foward il vento cadde e una corrente formidabile trascinò la nostra nave al largo. Solo a mattina avanzata il piccolo porto di Hope ci offrí un riparo.

Nelle vicinanze del porto vidi alcune capanne di recente costruzione ma disabitate, e pensai che i loro abitanti fossero fuggiti al momento del nostro sbarco. Se è vero che la qualità delle abitazioni è il piú sicuro indizio di civiltà, quei miseri alloggi mi dissero molto poco a favore dei fuegini; ma una conoscenza piú approfondita dei poveri indigeni avrebbe mutato in compassione il disprezzo che provai al principio. Le capanne avevano la forma di una calotta sferica con aperture diametralmente opposte; il focolare si trovava al centro, e dei ramoscelli coperti d'erba posti lungo il perimetro facevano da giacigli. Mi chiesi che riparo potessero offrire ai loro inquilini, nudi, in una notte gelata d'agosto, quando il termometro segna dai dieci ai quindici gradi sotto zero.

Durante la permanenza nel canale di Beagle osservai molte volte le famiglie fuegine che si preparavano alla notte: alimentavano il fuoco il piú possibile e poi vi si disponevano attorno, addossandosi l'uno alle spalle dell'altro in fila indiana; l'ultimo si copriva le spalle con una pelle di foca o di guanaco. Non di rado si procuravano gravi ustioni. Il professor Spegazzini mi riferí che degli oltre cinquanta individui che aveva esaminato, non uno solo mancava delle cicatrici di enormi bruciature.

Un giorno nevicò abbondantemente e seguí un freddo intenso. Era solo l'inizio di maggio ma l'inverno si annunciava sotto pessimi auspici. Per fortuna era un falso allarme, fu invece un inverno molto mite o almeno cosí mi assicurarono gli abitanti di quella regione. Giorni e giorni trascorsero senza un alito di vento, senza una nube a macchiare il cielo limpido e trasparente, e piú di una volta mi domandai se quella era la stessa terra che FitzRoy e Darwin avevano dipinto a colori tanto malinconici. Ma è arduo parlare di clima in Terra del Fuoco per le differenze tra un anno e l'altro e una località e l'altra; perfino gli autoctoni, la cui vita vagabonda li obbliga a osservare le variazioni climatiche piú di ogni altra cosa, non si azzardano a prevedere che tempo farà il giorno seguente.

Trascorremmo l'intero 4 maggio nel tentativo di trovare ormeggio sotto il Monte Sarmiento. Il professor Lovisato desiderava studiare da vicino questo colosso del Sud e anche scalarlo se fosse stato possibile; ma la nevicata del giorno prima congiurò contro l'ardimentoso alpinista e un vento gelido da sud-ovest mantenne la temperatura molto rigida. Dall'ormeggio sotto i piedi del Sarmiento fissavo le grosse nuvole compatte che imbrigliavano la montagna e ormai disperavo di vederla quando un violento colpo di vento lacerò le nubi e il monte mi apparve in tutta la sua grandiosità. Ho assistito a molti spettacoli alpini e ho udito le descrizioni entusiastiche di molti scalatori, ma non mi è mai capitato di sperimentare quel sentimento misto di gioia, ammirazione e timore: un manto bianco lo copriva da cima a fondo, senza una macchia, senza ombreggiature, senza rocce scoperte. Sembrava rivestito di un'immensa campana di nevi perenni.

La mattina dopo vi fu una nevicata colossale. Il ghiacciaio Negri, cosí denominato in onore dell'illustre geografo italiano che mi fu maestro, contribuisce a generare quel mare di ghiaccio. Si estende quasi senza interruzione dal Monte Darwin alla Piramide Brecknock e dalla baia della Desolazione al canale dell'Ammiragliato. Il suo fronte è intagliato ad angolo retto, un bastione di due chilometri di larghezza, e la cima è una muraglia cristallina alta piú di quaranta metri, ornata di vetrate gotiche e obelischi che danno all'insieme un aspetto fantastico. È un'architettura divina, che mormorava e crepitava. Il ghiacciaio Negri come i suoi colleghi del Polo Nord mostra i segnali di una precipitosa ritirata, e tra l'estrema mole frontale e la base, in uno spazio di circa cento metri, corre un torrente che rode la base del ghiacciaio collaborando in tal modo alla sua distruzione.

I due giorni nel fiordo Negri sono quelli di cui serbo il piú bel ricordo in tutta la durata della mia permanenza in Terra del Fuoco. Il Monte Sarmiento si stagliava nitido in un cielo perfettamente azzurro, conservando la sua maestà ma senza l'aspetto tremendo. Pur essendo io un profano nell'arte dello scalatore, mi sembrò una cosa facile andarmi a sedere sulla sua cima gelata.

La mattina del 7 maggio salpammo sotto completa velatura. Un vento fresco da nord ci accompagnò rapidamente nel canale di Brecknock dove ancorammo. A esclusione di qualche altura temeraria la penisola di Brecknock è affatto libera dalla cappa di ghiaccio che in un'epoca geologica piuttosto recente dovette coprire l'intero arcipelago fuegino. È formata quasi interamente di rocce nude e a forma sferica; gli immensi gradini che intagliano le rocce indicano le stazioni dei ghiacci sopra incombenti. Una vegetazione scarsa e avara nasconde solo in parte i detriti morenici ed è per questo che il capitano James Cook, a buon diritto, chiamò questi paraggi 'Terre della Desolazione'.

Per la calma piatta o i venti contrari potemmo ormeggiare nei pressi dell'isola di Baskes solo il 9 maggio in tarda serata. I professori Lovisato e Spegazzini sbarcarono e trovarono molte capanne ma nessun abitante. Successivo ancoraggio fu l'isola di Burdt, e in quella come nelle altre i due naturalisti trovarono il tempo per qualche esplorazione sommaria. L'isola si rivelò altrettanto desolata.

Durante la notte del 10 il vento si tenne moderato ma nel pomeriggio dell'11 le raffiche presero piú intensità. Procedevamo a vela impiegando solo la trinchettina di fortuna ma tutto d'un tratto il movimento dell'alberatura fu cosí violento che per un attimo temetti di perderla. Con una rapidità spaventosa entrammo nello stretto angusto e sinuoso di Teano dove le condizioni meteorologiche erano perfino peggiori. Le correnti atmosferiche, costrette tra le montagne imponenti a picco sullo stretto, avevano la forza di un uragano e il mare si mostrava come una cresta unica sulla quale i vapori acquei correvano alla celerità di un raggio di luce, piroettando come piccoli tifoni. Gli effetti di alcuni colpi di vento erano sorprendenti: si abbattevano su un'onda, cavalcandola attraversavano lo stretto per scagliarsi contro i monti del versante opposto, poi tornavano indietro dove si erano originati e poi tornavano indietro nuovamente tracciando zig-zag di spuma e di vapori. Nessuna vela avrebbe potuto reggere un colpo di vento simile; sarebbe bastato un solo attacco al fianco della nave per farle imbarcare acqua sottovento. La sera ci fermammo in una rada bellissima, a nord delle Isole Chair.

La Terra del Fuoco non ha in serbo gli splendidi panorami dell'isola di Clarence o del Monte Sarmiento, ma il fiordo di Teano e lo Ueman-Ashaga, il canale di nord-ovest, saprebbero attirare piú d'un turista in quelle estreme spiagge meridionali. Ghiacciai, cascate, cime rocciose, precipizi, nevi eterne, boschi foltissimi formano un insieme di tali bellezza e grandiosità che il pennello di un pittore eccelso potrebbe darne solo una vaga idea: che cosa sono mai i modesti schizzi che accompagnano la mia relazione di viaggio? Ciò che rese quella giornata ancora piú bella fu la scoperta di alcuni fuegini. Sotto il Monte Darwin cinque o sei canoe vogavano lentamente nei pressi delle isole di

Divide ma appena si accorsero che dirigevamo verso di loro si allontanarono rapide. Quei poveri selvaggi sono stati accolti malamente dalle baleniere che frequentano la Terra del Fuoco, e la semplice vista di una vela mette loro un timore panico. Spariti i fuegini, facemmo rotta verso il canale di Beagle, obbiettivo principale della nostra spedizione.

Risalendo lo Ueman-Ashaga mi sorprese il rapido mutamento dello scenario naturale. Con le isole di Divide terminano i precipizi, le nevi, le rocce nude e le cascate rovinose; i monti si tengono piú interni alla costa degradando dolcemente verso il mare da entrambi i lati del canale di Beagle, coperti fino alla cima da una fitta vegetazione. Anche la vita animale pare risvegliarsi. Ma la cosa piú sorprendente era la linea retta ed esattissima che separava un cielo gonfio di nuvole nere dall'atmosfera nitida.

Colti dall'oscurità, la notte del 12 maggio riparammo nella profonda baia di Iandagaia, e il 13, all'imbrunire, ancorammo a cinquecento metri dalla missione inglese di Ushuaia. Fummo accolti con cortesia dal signor Thomas Bridges, sovrintendente della missione, dal signor Lawrence, maestro di scuola, e dal signor Whaite, catechista e falegname. Una volta saputi i motivi della nostra spedizione ci offrirono i loro servigi, e le loro offerte non furono parole vane come tante altre. Stimolato dalla buona accoglienza, trascorsi a Ushuaia alcuni giorni.

La baia nei pressi della missione si dimostrò un ancoraggio sicuro nonché un punto di partenza adeguato per le brevi operazioni idrografiche che intendevo condurre nel canale di Beagle e per le esplorazioni dei professori Lovisato e Spegazzini. Un'ingente quantità di indigeni di razza Yagan viveva vicino alla missione e questo mi permise di farmi un'idea dei loro usi e costumi. Erano semicivilizzati, ma contavo di trovarne altri in seguito che fossero rimasti a uno stadio vergine per valutare la buona influenza della missione; inoltre volevo conoscere quale statura potesse raggiungere quella razza, considerata la piú bassa nella scala umana. Scoprii che l'effetto benefico della missione si era esteso ad ogni angolo della Terra del Fuoco. Dopo che la parola di Cristo aveva risuonato in quei deserti si poteva assistere a uno strano spettacolo: quei selvaggi, per i quali la vendetta era un dovere, dimenticavano le offese e offrivano la pace a chi li aveva oltraggiati.

La fondazione di una missione in Terra del Fuoco ha fatto sorridere l'illustre Darwin, che in privato e in pubblico ha commiserato gli autori di questa iniziativa. Ma gli stessi fuegini che avevano rubato al brigantino britannico *Beagle* due delle sue migliori scialuppe, che avevano spogliato e minacciato di morte il povero Matthew Cole, il cuoco, che avevano derubato e massacrato gli equipaggi di tante navi dopo il naufragio, quegli stessi fuegini pochi anni dopo attraversarono piú di cento miglia per cercare aiuto a Ushuaia a favore di nove naufraghi, e in un'altra occasione accompagnarono per monti e boschi, fino alla baia del Buon Successo, gli uomini di un equipaggio al completo, di Policarpo, e aspettarono con loro finché passò una nave e li prese a bordo. Darwin lo seppe e si stupí moltissimo.

Tra gli ostacoli che un missionario deve superare vi è in primo luogo l'incostanza dei suoi pupilli. Come mi raccontò il signor Bridges, non è raro che dopo un anno o due una famiglia abbandoni casa, orto e animali per tornare alla precedente vita nomade e piena di privazioni. Gran parte di queste diserzioni sono dovute al luogo in cui si trova la missione evangelica, nell'ampia penisola che separa le due baie di Ushuaia e Ushinnaiski, protetta da un'alta catena montuosa. È una località eccellente per gli europei ma svantaggiosa per gli indigeni i quali preferiscono abbondanza d'acqua e di legna, mari tranquilli cui affidare le loro canoe, per occuparsi di pesca tutto il tempo. Il signor Bridges conosceva bene questi inconvenienti e intendeva trasferire la missione a est dell'isola di Gable dove il clima migliore si sposa con la vastità della terra da pascolo e con acqua e legna in quantità. E oltre a questo vi sarebbe il vantaggio dei frequenti contatti con gli Ona, gli abitanti della maggiore isola fuegina, finora trascurati per la vita assai primitiva che conducono.

Il 21 maggio facemmo ritorno a Iandagalli. Volevo individuare l'estremità del meridiano che segna il confine tra la Repubblica argentina e la Repubblica cilena. Lo trovai, lo chiamai Cabo Argentino, e dalla parte opposta Cabo Chili. La baia, che corre in direzione nord-ovest, risultò completamente cilena. Gli indigeni Iandaga ci riservarono un'accoglienza premurosa e in qualche occasione ci fecero da guida. Tra le altre cose mi vendettero alcuni morti e trattarono con me la vendita di alcuni vivi, due o tre neonati. Il comportamento degli Iandaga si spiega con la buona influenza di Ococco, un ushuano di ingegno non comune nonché valente oratore, che già si era reso utile in diverse occasioni fornendo informazioni sui compatrioti e guadagnando alla nostra spedizione il favore degli altri nativi. Quando chiesi che mi fossero forniti degli scheletri umani trovai qualche resistenza ma poi, non oso dirlo, qualcuno mi vendette perfino le ossa di suo padre. Ococco era convinto della bontà della mia sollecitudine, e a chi provava orrore diceva "Se i circassi vendono i loro figli vivi e belli, perché noi fuegini non dovremmo vendere i nostri progenitori morti e mummificati?"

Forse la colpa fu di quei poveri morti se la nostra goletta *San José* naufragò in Terra del Fuoco, affondò tra l'isola degli Stati e Punta Arenas costringendoci a raggiungere Ushuaia su un battello a remi. E poco mancò che anche alla *Allen Gardiner*, il bastimento che ci avrebbe soccorsi, toccasse la stessa sorte. Mentre la goletta ballava la sua danza infernale nella baia di Slogett, mi era parso di vedere i morti riuniti in consiglio nella stiva. Chissà se è vero che i morti avevano congiurato contro di noi, però non molti giorni dopo un colpo di mare sgomberò la coperta e distrusse la cubía di babordo, la catena iniziò lentamente a tagliare lo scafo e ci obbligò a incagliare la nave sulla spiaggia. Tutto questo nel mese di maggio dell'anno di grazia 1882. Ma la storia dei morti fuegini non terminò con il naufragio nella baia di Slogett, e dovetti ricorrere a piú di un espediente per salvare la mia preziosa collezione.

Il giorno 24 facemmo sosta a Uallanica, la piú bella regione della On-Ashaga dove le montagne si ritirano verso l'interno e quasi spariscono alla vista lasciando spazio a larghe vallate coperte di boschi. La catena montuosa procede a questo modo fino a Moat Bay; qui si riaccosta al mare formando l'aspro promontorio di San Pio e poi si ritrae nuovamente altre due o tre volte. Durante l'inverno grossi branchi di guanachi scendono al mare attraverso queste vallate e con essi gli Ona, i quali vivono quasi esclusivamente a spese dei pacifici animali. Per catturare i guanachi, alcuni Ona armati d'arco e frecce si appostano a formare una linea ininterrotta, nascosti tra i cespugli e le rocce, e cani addestrati a questo scopo spingono gli animali nella loro direzione. L'animale preso a caccia è diviso in tante parti quanti sono i cacciatori, mentre la testa e la pelle appartengono alla freccia che lo ha ucciso.

La nostra nave entrò nella baia di Hammacoia il 28 maggio nel primo pomeriggio. Il tempo era splendido, il vento spirava da ovest-nord-ovest. Il mare nella baia era gonfio, ma lo credetti un residuo della mezza burrasca del giorno prima. Ancorammo a circa tre quarti di miglio da terra e cercammo una località dove sbarcare, però la costa era tanto battuta che avventurarsi in battello sarebbe stata una pazzia. Il mare crebbe anziché diminuire. Quindi ordinai di mettere alla vela, ma prima che l'ancora fosse levata il vento cadde in una calma piatta. Durante la notte il mare crebbe e smisuratamente, e la nostra nave diede fondo all'ancora di speranza; eppure nessuno nutriva seri timori poiché il bastimento reggeva mirabilmente contro ogni traversia di vento e di mare.

Il 29 e il 30 spiai invano ogni occasione per lasciare la

baia, e il 31 si annunciò sin dal principio come un giorno oscuro. La marea salí moltissimo e sforzò le catene finché la cubía di babordo fu divelta; due o tre ondate successive trapassarono la nave da parte a parte e poco dopo iniziò un principio di cedimento nella prua. A bordo si tenne una riunione sommaria: restare all'ancora ci avrebbe condotti a perdita sicura di persone e cose, dunque era meglio tentare la sorte e spingerci a terra dove, almeno, avremmo avuto salva la vita. Ma guardare terra sottovento ci demoralizzò, poiché da Punta Herse a Punta Maria non era che un baluardo di scogli e bassi fondali, e quanto la costa fosse ancora distante lo avremmo saputo al primo urto della nave.

Per la manovra scelsi l'ora dell'alta marea, le tre del pomeriggio. Avevo fatto preparare una zattera e collocato sopracoperta dei barili di gallette e carne salata per chi fosse sopravvissuto se la nave avesse fallito la costa. In quell'emergenza la condotta dell'equipaggio si dimostrò degna d'ogni elogio: tutti gli ordini furono eseguiti con la massima prontezza, e al comando di "Libera la catena, issa la trinchettina!" mi sembrò di lasciare la baia per una crociera anziché per un naufragio forzato. Il marinaio Jemmy Howard si lasciò valorosamente legare al timone, con due coltelli a portata di mano per tagliare le legature quando la sua opera si fosse resa inutile. Non dimenticherò mai Jemmy stretto contro il timone, gli occhi fissi su di me che dirigevo la manovra, mentre lui ripeteva i comandi parola per parola: "Steady, Jemmy!" "Steady, sir!" "All right, Jemmy!" "All right, sir!" Volammo sulle onde senza urtare nulla, superammo il primo scoglio, superammo il secondo scoglio; giunti piú vicini a terra la nostra angoscia crebbe quando vedemmo il mare battere direttamente contro la roccia prominente verso cui dirigevamo e invece la nave andò a piantare prua e bompresso in pochi metri d'arena. In altre occasioni dall'ancoraggio alla costa sarebbe stato un lampo, ma tra le sferzate del vento e della neve ci parve un'eternità.

Nevicò tutta la notte e la neve quasi ci seppellí, però dormimmo profondamente e sereni fino al mattino dopo: quanto conforta affidarsi a Colui che regge i nostri destini, e la soddisfazione di aver fatto il proprio dovere! Il giorno dopo la marea era scesa un poco e il primo pensiero fu per la nave. Si trovava tuttora nel luogo del naufragio ma piú interrata per la furia delle onde che avevano mosso il fondale di sabbia. Due o tre giorni trascorsero in un via vai continuo: armi, tende, vele, viveri, ogni cosa fu trasportata nell'accampamento a costo di fatiche enormi.

Nella notte del 1° giugno il tempo si fece di nuovo minaccioso e mi ritenni fortunato d'essere al riparo sotto una tenda e davanti a un bel fuoco, sia pure nel bel mezzo di un deserto di neve. Il giorno seguente il sole sorse splendido ma dovemmo aspettare il 5 per mettere in mare l'unica scialuppa rimasta in buone condizioni affinché raggiungesse Ushuaia, portasse la notizia del nostro naufragio e chiedesse soccorso alla *Allen Gardiner*. Non fu un'impresa facile, e il battello prese il mare solo al terzo tentativo. Osservavo pieno d'angoscia quella fragile imbarcazione lottare contro i frangenti, e i sei volontari che mi rivolsero un ultimo saluto e poi sparirono dietro Punta Jerse. Sarebbero arrivati a Ushuaia tre giorni dopo, esausti e tumefatti, le mani piagate dal remo. Ricevuta l'infausta notizia, la *Allen Gardiner* si mise alla vela.

Non conoscevo la disposizione degli indigeni del luogo, che avevano i corpi dipinti di colori scuri. Pertanto li considerai dei nemici e organizzai la difesa: feci distribuire le armi e circondare l'accampamento con una staccionata; stabilii dei turni di guardia, dalle otto di sera alle sei di mattina; proibii severamente e a chiunque di lasciare l'accampamento durante la notte e quando il povero Painin, un fuegino della nostra spedizione, ruppe la consegna, poco mancò che fosse la sua ultima disubbidienza.

Fino a tutto il 6 giugno nessuna traccia di indigeni; però durante la notte ci vennero rubati alcuni cani. Nonostante le minuziose ricerche del giorno successivo non trovammo né uomini né cani e fu solo in tarda serata che il mio attendente Reverdito poté scorgere due ombre muoversi furtivamente attorno alla tenda. Diede immediatamente l'avviso e tutti accorremmo, ma le ombre erano sparite. Subito dopo, in direzione est, notai delle colonne di fumo, sicuro indizio della presenza di indigeni.

Il giorno 8 non accadde nulla. Il giorno 9 il professor Spegazzini e Reverdito, che si erano spinti nel bosco circostante per cercare rarità botaniche, alzarono gli occhi su una pianta che aveva destato il loro interesse e si trovarono di fronte tre individui mostruosi, muniti di arco e frecce. Posero immediatamente mano ai fucili ma si udirono apostrofare da ogni lato; ovunque c'erano indigeni con archi e frecce puntati contro di loro. Gli indigeni videro che non sparavano e si fecero cenno l'un l'altro di non tirare. Con grande impegno il professor Spegazzini e l'attendente Reverdito riuscirono a condurre un certo numero di indigeni all'accampamento; però dovettero mettersi alla testa di quella fila di indigeni "con l'animo che puoi immaginare", come mi disse piú tardi il professor Spegazzini. Dall'accampamento vidi la colonna nemica che avanzava, gesticolando e gridando, e chiesi subito a Painin di prepararsi a fare da interprete per spiegare agli indigeni i motivi della nostra presenza in quel luogo. Tutti ascoltarono attentamente, ma non mi sembrò che si dolessero granché per le nostre tribolazioni. Feci distribuire loro pane e gallette, e infine ricavai una buona impressione da quegli indios. Quando se ne andarono, li feci scortare alle loro capanne».

Punta Arenas, 53° 10´ sud e 70° 56´ ovest; Port Famine, 54° 48´ sud e 68° 18´ ovest, ultima settimana dell'estate australe, 1990.

Il Centro Geográfico de Chile non è un istituto di ricerche ma un cippo di pietra bianca nel paesaggio deserto e in un vento feroce sullo stretto di Magellano. Informa che qui, nella striscia di mare livido che separa la Patagonia estrema dall'Isola Grande della Terra del Fuoco, tra i ghiacciai che colano in acqua e il giallo ocra delle pampas, è qui il centro del Cile. Ma come può esserlo se mi trovo in fondo al Cile? Il fatto è che il Paese ha inglobato il mare di Drake e si è annesso una porzione di Antartide, uno spicchio compreso tra il novantesimo e il cinquantatreesimo meridiano che si stringe fino al Polo. Anche l'Argentina e la Gran Bretagna rivendicano quel territorio ma il Cile si è già ritagliato gli stessi quattromila chilometri che ci sono da qui al confine settentrionale col Perú. Per questo sono 'nel centro'. Nei giornali posso leggere le previsioni del tempo per Santiago e Valparaíso e Viña del Mar, piú quelle per un quarto di Antartide e il Polo Sud. Aspetto che un aereo militare mi porti laggiú.

Al viaggiatore la Terra del Fuoco non offre monumenti ma natura e storie, e le storie hanno una particolare follia e crudeltà. Nacquero dall'accostamento di elementi eterogenei come in certe concrezioni geologiche stupefacenti, come nell'immagine che ho di fronte: in un solo colpo d'occhio acque grigie, campi di colore morbido a contatto con ghiacciai perenni e foreste umide di faggio antartico. E il cippo. A cristallizzarlo qui fu la velocità con cui tutto accadde nell'arco di un secolo, e ciò che accadde fu un piccolo 'cuore di tenebra' alle porte dei ghiacci.

A Port Famine, sede del centro geografico del Cile, sono arrivato da Punta Arenas, il porto piú meridionale del mondo, seguendo la carretera sterrata che scende lungo lo stretto verso sud-ovest. Poteva darsi che di Punta Arenas, che una volta non era dov'è oggi, restasse qualcosa del primo insediamento: una colonia penale cilena della metà del diciannovesimo secolo i cui reclusi si ammutinavano periodicamente e facevano a pezzi i pochi immigrati cileni che provavano a vivere lí intorno. I forzati e le guardie carcerarie conducevano un'esistenza tanto penosa che un giorno si ammutinarono tutti, perché anche i soldati condivisero le idee dei galeotti. Si impadronirono della città, mutilarono il comandante della guarnigione, lo uccisero e appiccarono la sua testa sulla porta della prigione, e poi si diedero al saccheggio. Tre giorni dopo arrivò una nave da guerra cilena. Gli ammutinati disponevano di una quarantina di cavalli, ma li caricarono di cose futili e non dei viveri necessari; cosí, dopo aver ucciso i cavalli per estrema necessità, morirono uno dopo l'altro nella solitudine del deserto patagonico.

Ma di quella colonia penale non c'è traccia. E nemmeno di Port Famine, a parte un cartello e una lapide per ricordare che Pedro Sarmiento, mentre andava alla ricerca della mitica Ciudad de los Césares, fondò qui nel Cinquecento, quando gli indigeni ci vivevano già da migliaia d'anni, la prima città e la chiamò Rey Felipe. Nessuno la conobbe mai con quel nome. Circa tre anni dopo la sua fondazione ci passò l'inglese Thomas Cavendish, e trovò solo i resti di persone morte per freddo e per fame. Con la concretezza dei corsari sostituí al nome regale quello piú rispondente di Port Famine, 'Porto Carestia'.

Di fronte c'è l'isola plumbea di Dawson che fu l'ultima residenza degli indios custoditi dai missionari italiani. E che fu la prima nuova residenza dei ministri di Allende quando venne il loro turno. A dire il vero il posto non era scelto male. Una penisola minuscola, non piú di quattro o cinque chilometri di lunghezza, compresa tra due piccole baie e con un boschetto dolcissimo. Vista adesso, nell'estate australe, non sembra affatto un luogo di fame e di stenti, anzi. Per il panorama splendido dello stretto e l'isola subito al di là dell'acqua e le due baie ombreggiate e tranquille, potrebbe essere un gioiello turistico.

Dopo una curva a gomito trovai sette o otto croci tra l'erba, col nome cancellato dalle piogge, forse c'era anche quella di Clovis Gauguin che sapevo morto al largo di Punta Arenas durante una crisi di rabbia, mentre litigava col comandante della nave su cui lui, sua moglie e il figlio Paul, il pittore, stavano andando in Perú. In effetti dal cimitero era stata portata via una croce, la trovai nel piccolo museo della missione salesiana di Punta Arenas. Padre Vincenzo Lucchelli, il conservatore del museo, arrivato qui nel 1932, la custodiva prudentemente dietro la fragilità degli anni, parecchi anni, come custodiva i segreti delle vicende in Terra del Fuoco.

Ma la croce non era di Clovis Gauguin, apparteneva a Pringle Stokes, primo ufficiale del brigantino di flotta di Sua Maestà Britannica *Beagle*, morto nell'agosto del 1828 «for effects of the anxiety», come era stato inciso a fuoco sul legno della croce da chi l'aveva seppellito, ormai quasi illeggibile, abraso dal tempo e dalle intemperie. La *Beagle* era lunga ventisette metri e mezzo, aveva sei cannoni, sessantacinque uomini di equipaggio e duecento tonnellate di stazza. Il primo viaggio della *Beagle* avvenne il 22 maggio 1825 al comando di Stokes, la missione era quella di scortare una nave piú grande, l'*Adventure*, per un'esplorazione idrografica della Patagonia e della Terra del Fuoco, missione che purtroppo non riuscí perché il comandante non aveva potuto sopportare la solitudine e la desolazione del luogo. A Port Famine, nello stretto di Magellano, Stokes si chiuse nella sua cabina per quattordici giorni, poi prese una rivoltella, la caricò, si sparò, e neppure questo riuscí perché morí dopo dodici giorni di agonia mentre il suo cervello lentamente si congedava da lui. In un posto tanto remoto e in un tempo cosí lontano da noi, il suicidio del capitano Pringle Stokes in Terra del Fuoco ha qualcosa di emblematico, non poteva essere un suicidio come gli altri.

Alla *Beagle* venne nominato un nuovo capitano, forse timoroso della stessa depressione che aveva devastato e portato Stokes al suicidio. Era Robert FitzRoy, abile marinaio molto versato in geografia, inventore e costruttore di uno speciale barometro tra i primi della nascente meteorologia. Salpò il 27 dicembre 1831 per una seconda spedizione esplorativa e fece il giro del mondo, Atlantico, America del Sud, Oceano Pacifico, Tahiti, Australia. Davanti all'isola di Lennox stabilí il contatto con gli indigeni Yagan. Non erano cannibali come poi credette Darwin, ma nemmeno dei santi.

Erano il popolo piú meridionale del mondo, tremila chilometri piú a sud del Sudafrica, venticinque paralleli piú giú di Buenos Aires e trenta gradi di temperatura in meno. Tenevano i fuochi accesi anche nelle canoe, e come gli Alakaluf vivevano di pesca mentre gli Ona cacciavano il guanaco con fionde ricavate da un ossicino a forcella di balena. Per questioni di donne o di clan si massacravano sovente tra di loro. Non credevano in una religione ma in una fantasmologia, una metafisica delle presenze, per lo piú sonore o luminescenti: ognuno aveva il suo fantasma da vivo, il suo 'mehn', e quando moriva anche il mehn svaniva ma a nessuno interessava sapere dove fosse andato. Dell'aldilà non pensavano nulla, né premi né castighi, e se qualcuno parlava loro dei morti si offendevano. Erano beffardi, imprevedibili, bugiardi. Avevano una lingua complessa e poetica, una di quelle lingue 'di situazione' o deissi; conoscevano almeno cinque parole per dire neve e per spiaggia ne avevano ancora di piú perché la scelta del vocabolo dipendeva dagli stati d'animo di chi parlava o dalla sua ubicazione rispetto all'interlocutore o dalla posizione dell'interlocutore rispetto al paesaggio, se a separarli c'era terra o acqua, oppure dall'orientamento geografico della spiaggia.

FitzRoy riportò in Inghilterra quattro di loro con la lodevole intenzione di indurli a una vita migliore e piú felice: un giovane che fu battezzato Boat Memory, 'Ricordo della Nave', un altro chiamato York Minster, 'Monastero di York', il nome di un'isola vicina a Capo Horn, una bambina di nove anni, Fuegia Basket dunque 'Cesta Fuegina', e infine Jemmy Button perché dicono che l'avesse pagato a suo padre un bottone. Ma è un racconto ridicolo, nessun indio avrebbe venduto suo figlio nemmeno per l'intera *Beagle* con tutto il carico che aveva a bordo; almeno scrisse cosí Lucas Bridges nel suo *El Último Confín de la Tierra*, osservando semplicemente che quando gli uomini bianchi battezzano gli indigeni amano scegliere i nomi piú fantasiosi. A Londra gli indios furono oggetto di studi, esposizioni esotiche e cortesi attenzioni da parte dei regnanti, e la regina Adelaide si tolse la cuffia e la mise sul capo della piccola Fuegia Basket. Poco tempo dopo tornarono in Terra del Fuoco con FitzRoy, che questa volta aveva imbarcato anche Darwin e parte delle osservazioni naturalistiche che lo avrebbero portato alla teoria dell'evoluzione per selezione naturale. Ma appena arrivati, Jemmy Button scomparve nei canali e si ripresentò seminudo solo quando la nave stava per andare via; ci fu un'ultima cena a bordo, e come nel finale di un film epico ciascuno si convinse della propria natura e che mai avrebbe potuto cambiare l'altro.

Ma il film non finisce qui. Passano vent'anni e dalla contea di Nottingham arrivano il pastore George Despard e il figlio adottivo Thomas Bridges, padre di quel Lucas che sarà il suo biografo, per evangelizzare gli indigeni fuegini. Per prima cosa cercano Jemmy Button e incredibilmente lo trovano; gli spiegano l'idea della stazione evangelica e lui è d'accordo. Dalle Falkland, dove sono andati a prendere il materiale, spediscono una nave completa di equipaggio e catechisti, ma non avendo piú notizie dopo un po' si precipitano a Wulaia. La nave è lí, spoglia di tutto; dentro, sottocoperta, c'è il cuoco Cole, nudo e impazzito, racconta che all'inizio gli indios erano amichevoli, alla prima messa sono venuti addirittura in trecento, hanno cominciato a cantare ma poi hanno smesso subito. Hanno ucciso tutti.

Jemmy Button fu processato alle Falkland, condannato, riportato a Wulaia e messo in libertà, perché non si poteva punire chi doveva essere evangelizzato. Thomas Bridges col tempo rinunciò alla missione, ottenne terreni dall'Argentina e fondò una grande estancia, vivendo con gli indios come su una lama, ma diventando un'autorità per loro, e raccogliendo la loro lingua in quello straordinario dizionario yaman-inglese che comperai una mattina di pioggia ad Ushuaia dagli eredi degli eredi degli eredi.

Nel 1882 Bridges aveva incontrato i membri di una spedizione scientifica italiana arrivata a Punta Arenas, e si era offerto di accompagnarli in qualche zona remota della regione. Erano il tenente Bove, un uomo alto e imponente come si conviene al comandante di una spedizione, il signor Lovisato, mineralogista, basso bruno e perennemente inquieto, il signor Spegazzini, il botanico, la cui magnifica barba e l'equipaggiamento inconsueto suscitarono grande interesse; c'erano poi il signor Vinciguerra, zoologo, il luogotenente Roncagli che si occupava di idrografia, disegno e fotografia, e l'attendente di Bove, Reverdito, completava il gruppo.

Giacomo Bove aveva compiuto nel 1878 il 'passaggio a nord-est' come idrografo nella spedizione dello svedese Nordenskjöld a bordo della *Vega*, grazie alle raccomandazioni di Cristoforo Negri, fondatore della Società geografica italiana. Era stata una spedizione memorabile, dalla

Svezia avevano raggiunto l'Oceano Pacifico attraverso il mare della Siberia. Tornato, aveva esposto all'Alhambra di Roma nell'aprile del 1880 un nuovo programma, che prevedeva una permanenza di tre anni e due sverni nel Mare Antartico; sperava di portare l'Italia ai primi posti nelle competizioni polari. All'inizio il progetto era stato ampiamente sostenuto, ma le elezioni generali di quell'anno avevano stornato altrove l'attenzione pubblica e Bove si accorse d'essere caduto «dalle nuvole in mezzo alla lentezza, all'ipocrisia, all'asineria, all'egoismo del mondo governativo, all'indifferenza del pubblico, allo scetticismo dei capitalisti».

Il Comitato centrale di Genova per la spedizione all'Antartico, come risulta da un foglio a stampa del 6 settembre dell'anno successivo, «non vedendo la probabilità di poter ottenere in Italia, dove ogni attività era assorbita da preoccupazioni politiche, la somma necessaria alla modesta impresa deliberata», inviò a La Plata il tenente Bove, il quale trovò accoglienza favorevole da parte della colonia italiana e soprattutto del governo argentino, che gli affidò il comando della spedizione. Avrebbero esaminato la Patagonia del Sud, l'isola degli Stati e la Terra del Fuoco per un possibile sfruttamento economico, e le osservazioni scientifiche avrebbero fatto da corollario. In seguito l'Instituto Geográfico Argentino pubblicò le notizie raccolte, *Expedición Austral Argentina*, contenente un rapporto sugli indigeni Yagan; conferí a Giacomo Bove la medaglia d'oro e il suo nome, insieme a quello dei suoi compagni, fu inciso sulla base di un faro nell'isola degli Stati consacrato «al servicio de la humanidad y al buen nombre de la Patria». Anche l'Italia riconobbe l'importanza della sua missione, la Società geografica lo acclamò 'membro d'onore'. Bove ripartí due anni dopo diretto nel bacino del Congo, che la politica coloniale europea iniziava a guardare con intensità, navigò lungo il fiume, giunse a Matadi, si spinse fino alle cascate di Stanley come Joseph Conrad cinque anni dopo di lui, si ammalò, tornò, e il 9 agosto 1887 si sparò alla tempia.

Negli stessi anni Punta Arenas fu miracolata dalla navigazione a vapore, che rese piú governabili le navi nello stretto di Magellano pur non interrompendo la catena di naufragi i cui relitti ho tutti i giorni sotto gli occhi. Il canale divenne definitivamente ciò che doveva essere: il 'passaggio a sud-ovest'. Con le prime linee di navigazione arrivarono gli slavi cercatori d'oro, gli asturiani come José Menéndez, i Braun, i Blanchard, e comperarono i grandi appezzamenti che il Cile svendeva o donava pur di colonizzare. Intrecciati tra loro in società o matrimoni, finirono per possedere tutto, il latifondo e la 'ganadería', l'industria della carne e della lana ricavate dai montoni delle Malvine o delle Falkland, le grandi estancias e gli empori commerciali e perfino la Compañía de Salvatajes. Ogni volta che una nave era in pericolo partiva un battello attrezzato da Punta Arenas, con a bordo il console del Paese cui apparteneva la nave e il rappresentante locale dei Lloyds. Col comandante in naufragio si discuteva prima di tutto il contratto di recupero: firmare o affondare.

Per gli indios la colonizzazione segnò la fine. Ci furono le prime scaramucce per i montoni o la terra, e gli estancieros misero una taglia, una sterlina per ogni indio morto di cui veniva riportato l'orecchio. In Patagonia si cominciarono a vedere parecchi indios con un orecchio in meno, e ai cacciatori fu chiesto di presentarsi con la testa. C'era chi li uccideva per mestiere e chi, come 'El Rey del Río Grande', il fattore scozzese di Menéndez, li uccideva per 'eutanasia', convinto che gli indios fossero destinati a scomparire e tanto valeva accelerare. «Noi facemmo il possibile, – mi disse il conservatore del museo salesiano di Punta Arenas mentre camminavamo nei depositi del sottoscala pieni di punte di frecce, pelli di guanaco, canoe, animali impagliati e vertebre di balena, – ma non c'era granché da fare. Morivano di morbillo e varicella, malattie portate dai bianchi. Erano strani, un giorno, nel 1933, se ne presentò uno, era vestito come lei ma era un Ona, e per una settimana mi aiutò a riordinare gli oggetti appartenuti al capo Adán». Poi il conservatore disse che c'erano ancora una trentina di Alakaluf custoditi in una base navale nell'isola di Navarino. Erano arrivati i giapponesi a studiarli un paio d'anni prima perché avevano scoperto che gli indigeni fuegini discendevano dal loro stesso ceppo, proveniente dallo stretto di Bering. Alla nascita, come loro, hanno una macchia azzurra sul sedere.

In un angolo, prima di uscire dal museo, vidi una giubba e un berretto da marinaio. «E questi?», chiesi. «Questi sono del Piloto Pardo». Pardo era il comandante dello *Yelcho*, il battello che andò a recuperare i naufraghi della spedizione antartica di Shackleton e della sua nave, l'*Endurance*. E il comandante dello *Yelcho* prima di Pardo era stato il padre di Francisco Coloane, il maggiore scrittore di storie fuegine.

Quando andai a trovare Coloane ebbi di fronte un travolgente omone di ottant'anni. «Vai in Antartide dunque, – mi disse, – la prima volta ci sono stato nel 1947, ho lavorato alla costruzione della base Prat. A un certo punto si trattava di uccidere una foca perché lo zoologo ne voleva il cuore, e un ufficiale di marina mi passò la pistola e mi disse "Pensaci tu". Gli risposi che nemmeno io ce la facevo, ma insistette, e allora appoggiai la canna contro la nuca dell'animale pensando che fosse il modo piú veloce. Sparai un colpo, poi un altro e un altro ancora. Al terzo colpo la foca urlante fuggí in mare. Provo ancora rimorso, ma la cosa piú curiosa è che qualche anno dopo ho letto il nome di quell'ufficiale nella lista dei torturatori di Pinochet».

Io guardavo le pareti della stanza piena di cose di mare, e una fotografia di Coloane con Evgenij Evtušenko in Patagonia e un'altra con Vargas Llosa. «In marina sono stato quattro anni, ma il mio primo lavoro a Punta Arenas fu nella estancia della señora Braun, a Rio Grande. Bisognava prendere gli agnelli tra le mani, enucleare la sacchetta dei testicoli, tirare i nervi con i denti e riannodarli. Non usciva nemmeno una goccia di sangue e l'animale era tranquillo. Ne castravo cosí cinquecento al giorno». Mi disse che era stato sempre marxista, che aveva conosciuto l'anarchico Soto, che aveva navigato in barca con un indio il canale di Beagle, che stava scrivendo un libro su Gunnar Andersson, esploratore antartico nella spedizione Nordenskjöld e poi scopritore in Cina del pitecantropo di Pechino.

Scendeva il buio e parlammo dello *Yelcho* e di Shackleton. Ci riraccontammo questa storia come due ragazzi, perché è la piú bella storia antartica. Nel 1914 sir Ernest Shackleton partí di nuovo per il Polo Sud. C'era già stato nel 1902 con la prima spedizione Scott e nel 1907 con una spedizione tutta sua. Questa volta voleva attraversare il continente da una parte all'altra, ma la sua nave, l'*Endurance*, restò subito impaccata nei ghiacci del mare di Weddell e in nove mesi compreso l'inverno polare andarono alla deriva per duemila chilometri. Poi una sera ci fu uno schianto terribile e il ghiaccio di pressione stritolò la nave affondandola. Vissero per cinque mesi sulla banchisa trascinandosi dietro le scialuppe come slitte. Mano a mano che salivano di latitudine il lastrone cominciò a sciogliersi e una notte si spaccò sotto le loro tende e caddero in acqua addormentati. Quando ne uscirono si contarono: «Ne manca uno!», gridò Shackleton, nel buio vide qualcosa che si agitava freneticamente nell'acqua chiuso nel suo sacco a pelo e lo tirò su a forza di braccia, appena in tempo, prima che i due lastroni si richiudessero come il tetto di un cinema. Ammararono le scialuppe e fecero trenta miglia a remi tra gli iceberg, sbarcando mezzi morti sull'isola dell'Elefante, disabitata. Da qui Shackleton ripartí con cinque uomini e una barca con una vela di fortuna, dopo ottocento miglia arrivò all'isola della Georgia del Sud, si arrampicò su un ghiacciaio e scendendo sul versante opposto trovò una stazione baleniera norvegese. Fu portato a Punta Arenas, qui raccolse una colletta di duemila sterline tra inglesi e cileni, noleggiò lo *Yelcho* col Piloto Pardo e tornò all'isola dell'Elefante per prendere i suoi uomini. In due anni di peripezie non ne aveva perduto nemmeno uno. C'è una foto che li ritrae tutti all'arrivo sul molo di Punta Arenas.

Su questo molo tante volte si era riunita una folla dalla composizione inspiegabile: la banda dei bomberos, consoli inglesi e jugoslavi e belgi, grandi estancieros e cercatori d'oro, missionari al capezzale degli indios massacrati, venivano tutti qui a vedere la partenza degli esploratori antartici che scattavano una fotografia dalla nave in allontanamento. Ho visto quelle foto: la folla è festosa e scettica, agita fazzoletti ma pensa «Chissà quando e se mai ci rivedremo».

Missione di Ushuaia, maggio 1882. Spedizione Bove.

«Terra del Fuoco è il nome del grande arcipelago compreso tra lo stretto di Magellano e Capo Horn. Il fatto che esso offra un diverso aspetto ai naviganti secondo il lato dell'approdo ha prodotto al suo proposito giudizi contraddittori: il capitano James Cook visitò la parte meridionale dell'arcipelago, patí le grandi tempeste di pioggia e neve nella penisola deserta di Brecknock, e lo denominò 'Terre della Desolazione', mentre Wyse e Pertuiset, che scelsero la parte nord e videro l'incantevole canale dell'Ammiragliato sotto il cielo soleggiato e puro dello stretto di Magellano, lo credettero un tesoro agricolo degli antichi Incas. Il canale dell'Ammiragliato, la baia di Iandagaia e la On-Ashaga dividono la Terra del Fuoco in due parti molto diverse tra loro sotto il profilo naturale, ed è quasi incredibile che si trovino alla stessa latitudine. Piú interessante ancora è che tale divisione traccia un confine naturale tra le due razze che la abitano: a ovest gli Alakaluf e gli Yagan, rispettivamente da Capo Pilar fino all'isola di Stewart e sulle isole a sud del canale di Beagle; e gli Ona nella parte orientale.

Le conoscenze storiche di questi abitanti della parte estrema del Sudamerica sono molto limitate, ma tutto lascia supporre che provengano dalla Patagonia, i primi dalle falde occidentali delle Ande e i restanti dall'ampia pianura della pampa. Infatti Alakaluf e Yagan possiedono tutte le caratteristiche dei Chono del Pacifico, sebbene la loro lingua sia diversa; invece gli Ona hanno i tratti dei

Tehuelche e quasi la stessa lingua. Gli Yagan sono tremila, gli Ona duemila, gli Alakaluf tremila, questo secondo il signor Bridges.

Il poco tempo trascorso tra gli Ona e gli Alakaluf non mi permette di diffondermi a loro riguardo; le brevi osservazioni che seguono vertono quasi esclusivamente sugli Yagan, residenti nella zona delle missioni.

Gli Yagan devono questo nome a Thomas Bridges che lo derivò da Yaganashaga, il canale tra l'isola di Navarino e quella di Hoste, al centro delle terre che essi popolano. Tra di loro si definiscono 'Yamana', che significa 'essere umano', e sotto questo nome si credono i soli esseri dotati di ragione. È questa un'idea comune a ogni selvaggio.

Gli Yagan hanno tutte le caratteristiche di una razza meschina. Gli uomini sono generalmente di statura media o qualcosa in piú, mentre è raro trovare una donna di altezza normale. Il viso è largo e rotondo con zigomi fortemente pronunciati, la fronte bassa e sporgente fino alla linea degli occhi, il naso piatto e largo, gli occhi generalmente nerissimi, umidi, piccoli e irrequieti di lampi sinistri, le labbra tumide e cadenti. Hanno mascelle molto forti e denti bellissimi, con incisivi tanto aguzzi da differire poco da quelli dei loro cani. Vista e udito sono finissimi, come si conviene a chi vive di caccia e pesca.

Uomini e donne sono dotati di forza formidabile e sanno trasportare pesi che il piú robusto dei miei marinai non potrebbe neppure sollevare. Eppure mani e piedi sono mirabilmente minuti, un pregio nelle donne ma un difetto negli uomini che non riescono ad afferrare oggetti di una certa dimensione né a portare piú cose alla volta. Camminano con i piedi rivolti all'interno, conferendo al corpo il moto ondeggiante di un bastimento in rollio.

I capelli degli Yagan sono neri e molto grossi. Gli uomini e le donne li portano lunghi e li lasciano cadere sulle spalle e sul volto; alcuni li stringono attorno alla testa con una cordicella di cuoio ma abitualmente non lo fanno cosicché somigliano piú a delle furie che a degli esseri umani. Solitamente gli uomini si strappano la poca barba che hanno oppure la tagliano con coltelli di conchiglie, ma per il resto uomini e donne non presentano peli in alcuna parte del corpo. Per fortuna qui non si è affermato l'uso barbaro del tatuaggio; a quel sistema i fuegini suppliscono con pitture di ogni sorta. Si può dire che gli unici ornamenti di un fuegino sono due o tre linee di pittura sul viso e una o due collane di conchiglie o uova d'uccello.

Petto, braccia e gambe sono nudi, e l'unica difesa di un fuegino contro gli uragani, la neve che cade in abbondanza quasi dieci mesi l'anno e le piogge tropicali che ogni giorno visitano quel remoto arcipelago australe è una mantellina di pelle di foca o di guanaco, fissata al collo con un cordone di cuoio. Non trovano miglior riparo nelle loro povere capanne, che chiamano wigam, formate di rami intrecciati. Delle molte regioni della Terra del Fuoco scelgono come dimora le piú riparate; ma per cercare rifugio contro l'azione dei venti capita a quei disgraziati di ritrovarsi sepolti sotto la neve o annegati nella pioggia. La povertà delle capanne è dovuta alla vita nomade che conducono: esclusi i pochi che vivono a Ushuaia e i piccoli agglomerati attorno alla missione, è difficile che gli Yagan soggiornino nello stesso luogo piú di due o tre giorni.

Servendosi di piccole imbarcazioni, e sempre con l'unico scopo di procurarsi il sostentamento, gli Yagan passano da un'isola all'altra e si spingono in mare aperto. Qui trovano pesci, ostriche, granchi, foche e uccelli acquatici, la loro dieta principale. Solo chi ha vissuto a lungo con i fuegini può farsi un'idea di quanto sia duro per loro procurarsi un pasto miserabile. Le donne hanno il compito di provvedere all'intera famiglia e sono considerate piú delle schiave che delle compagne amabili e affettuose. È la donna che pesca e conduce la canoa; e quante volte gli uomini se ne stanno tranquillamente accovacciati attorno al fuoco mentre le loro povere mogli, sotto la neve e il vento, pescano a beneficio di mariti pigri e irascibili! Un maggior numero di schiave significa una vita migliore, di qui la poligamia.

Nonostante gli sforzi della missione di Ushuaia, la poligamia è assai radicata tra i fuegini a un punto tale che molti convertiti alla fede di Cristo rompono il voto e aggiungono una o due mogli a quella consentita dalla Religione. Tra gli Alakaluf come tra gli Yagan e gli Ona, un uomo prende tutte le mogli che vuole però difficilmente piú di quattro. Con simile numero di compagne la serenità domestica va dimenticata: wigam o canoa si trasformano quotidianamente in orridi campi di battaglia, e accade non di rado che una moglie bella e giovane paghi con la vita la preferenza che il comune marito le ha accordato. A volte la discordia femminile si volge a danno del marito, il quale impara in quelle occasioni quant'è prudente avere una moglie sola. La poligamia si spiega sia con la necessità di rematori sia col grande amore dei fuegini per le donne. Quest'ultimo è di gran lunga il fattore piú importante, ed è causa dell'impoverimento fisico di quella razza nelle estremità dell'America del Sud. L'amore delle donne per gli uomini non è da meno; esse mostrano il desiderio del maschio fin dall'età piú tenera e il freno imposto dai padri missionari ai matrimoni precoci si considera la massima tirannia della civilizzazione.

Le bambine prendono marito tra i dodici e i tredici anni d'età, ma divengono madri non prima dei diciassette o diciotto. Gli uomini si ammogliano tra i quattordici e i sedici anni, secondo la convenienza di ciascuno, tra gli Yagan come tra gli altri. Piú che un'unione d'amore e di reciproca attrazione, il matrimonio può definirsi l'acquisto di una donna da parte di un uomo. Tra i vari pretendenti il padre della ragazza sceglie il piú forte, il piú abile e il piú docile ai propri desideri e pattuisce con lui il numero di pelli di foca che formeranno il dono nuziale e anche per quanti giorni il genero lavorerà a beneficio del suocero. Fino alla conclusione del contratto nulla è comunicato alla futura sposa, la quale non può opporsi ai desideri del padre quali che siano i suoi stessi sentimenti e volente o nolente è condotta al wigam del marito. Di solito la scelta del padre coincide con quella della figlia poiché tra gli Yagan le donne apprezzano moltissimo la forza e la bellezza in un uomo; quanto a chi è afflitto da un difetto fisico, le donne lo considerano un essere impuro o un paria della società condannandolo per sempre al celibato. La dote della sposa consiste in una canoa o in attrezzi da pesca.

Nessuna cerimonia, nessuna festa accompagna il matrimonio. Dopo la prima notte di nozze se il marito desidera cibarsi di carne di guanaco o foca dovrà purificarsi e bagnarsi in mare la mattina successiva all'unione. Questi bagni, specie se compiuti in pieno inverno e a seguito delle fatiche notturne, sono indubbiamente la causa principale delle molte malattie che affliggono i giovani fuegini. Anche i neonati vengono immersi nell'acqua e spesso quelle creature disgraziate pagano con la vita la superstizione dei loro genitori.

Contrariamente alle indigene del Nord, le donne fuegine sono molto feconde. Di regola hanno da sette a otto figli, ma si incontrano donne che ne hanno dieci o dodici pur essendo ancora in giovane età. Pochi sopravvivono ai genitori. La mortalità dei bambini tra i due e i dieci anni suscita grande stupore; è dovuta al clima variabile e rigido, alla scarsa alimentazione, alle grandi ustioni e al pessimo trattamento che ricevono. I neonati sono molto piccoli e vengono alla luce senza alcun dolore o infermità per la madre, che al momento opportuno lascia il wigam accompagnata da qualche amica e depone il suo frutto nel bosco piú vicino, al riparo da sguardi indiscreti. Tanto agevole è il parto che mi è occorso di vedere la partoriente in canoa il giorno successivo, o sulla spiaggia per ostriche e molluschi. L'amore materno diminuisce con l'allattamento; per i maschi scema del tutto verso i sette o otto anni, età che mette fine all'autorità paterna.

Un fuegino ama solo se stesso. Ho visto spesso padri di famiglia divorare carne o pane mentre le mogli e i figli, il volto contratto per la fame, raccoglievano le briciole da terra silenziosi e si avventavano rabbiosi sugli avanzi. Privi come sono d'ogni legame familiare i fuegini non conoscono la parola 'autorità'. Quel che induce alcune famiglie a unirsi in tribú è la comune difesa, ma nessuno ha il diritto di comandare gli altri né di immischiarsi nelle loro faccende. Ogni spedizione offensiva si decide di comune accordo e il bottino è equamente diviso tra chi vi ha preso parte.

Gli Jakamush, i medici, che FitzRoy considerò dei capitribú, non hanno alcuna autorità; al contrario sono disprezzati e scherniti dagli indigeni fuegini. Quando qualcuno si ammala lo Jakamush va a visitarlo. Entra adagio, il capo coperto di cenere o sabbia e ornato di piume o uova di uccelli acquatici, il viso e il corpo dipinti di vari colori. Giunto in presenza del malato e dopo avergli domandato il suo tipo di infermità, è preso da strane convulsioni, spalanca gli occhi, dilata le narici, e un suono volutamente orribile a udirsi (de-hi-taka; de-hi-taka; de-hi-taka) fuoriesce dalla bocca socchiusa del Galeno. D'un tratto le convulsioni e il canto hanno fine, lo Jakamush apre la bocca e vomita in mezzo al wigam punte di freccia o pezzi di lancia affinché i fuegini pensino che la malattia era causata da quelle armi, introdotte nel loro corpo dagli spiriti maligni. È raro che l'ipocrisia dello Jakamush giunga a buon esito; al contrario, capita spesso di vedere il malato, non immediatamente liberato dal suo male, prendere il primo bastone a tiro e suonarle di santa ragione a medici e assistenti. In questo i fuegini sono molto piú avanti di noi; se anche noi riservassimo lo stesso trattamento a certi seguaci di Esculapio, il numero degli assassini legali diminuirebbe. Ormai nei pressi della missione di Ushuaia gli Jakamush si vergognano della professione che esercitano; arrivano solo di notte e adempiono ai loro compiti senza canti, senza grida, senza fare rumore.

La loro abilità nel nascondersi degli oggetti in bocca è sorprendente. Uno Jakamush, tale Umaigin, era venuto dal missionario signor Bridges per vendergli del pesce e gli aveva rubato un coltello da sopra la tavola. Il missionario se n'era accorto e lo aveva accusato del furto, ma quello aveva negato dicendo che non era vero. Piú tardi, la sera stessa, il signor Bridges lo accusò davanti a noi tutti ed ecco che udimmo delle grida tremende, pianti e strepiti dietro la porta. Uscimmo, e trovammo Umaigin in preda a strane convulsioni. Non appena vide il signor Bridges vomitò il coltello ed esclamò: "Non l'avevo rubato ma solo ingoiato. E voi, potete fare altrettanto?" "Non ancora", aveva risposto il missionario con la consueta flemma. Mi diede l'arma perché constatassi ciò che gli Jakamush sanno nascondersi in bocca.

Ornarsi il capo e dipingersi viso e corpo con creta di vari colori non è una prerogativa degli Jakamush: prima del combattimento, i fuegini si sfigurano a tale punto da somigliare a un manipolo di diavoli piú che a degli esseri umani. Dopo la fondazione della missione di Ushuaia, le grandi battaglie nel canale di Beagle sono diminuite di molto, e solo gli abitanti delle terre orientali continuano a combattersi con ferocia. Alla missione giunge spesso notizia di atroci mattanze; ma anche in quelle terre remote il verbo di Cristo inizia a risuonare e verrà un giorno in cui ogni rancore si appianerà e tutti sapranno d'essere fratelli.

Tra i fuegini esiste ancora la legge del taglione: dente per dente, occhio per occhio, braccio per braccio, vita per vita. La vendetta tocca alla famiglia e agli amici dell'offeso. Pochi giorni prima del nostro arrivo nella On-Ashaga, il canale di Beagle, un abitante delle regioni dell'Est era morto per i maltrattamenti ricevuti da alcuni autoctoni. Appena la notizia si era diffusa sulla sponda orientale del canale, la famiglia e gli amici della vittima si erano messi in marcia per andare a vendicarlo, ma prima che le sedici canoe d'Oriente toccassero terra i colpevoli trovarono il modo di mettersi in salvo. A Ushuaia viveva un loro parente che in assenza dei colpevoli avrebbe dovuto rispondere dell'offesa; la lotta era già iniziata quando per fortuna accorse il signor Bridges, fece udire la sua parola piena di potenza e i contendenti posarono le armi e amichevolmente si strinsero la mano.

Le armi dei fuegini sono ossa appuntite di balena e pietre che gettano con la fionda. La fionda è un'arma micidiale in mano a un fuegino, che sa colpire l'uccellino piú minuscolo a quaranta o cinquanta braccia di distanza; le pietre hanno la grandezza di un uovo di gallina e se ne trovano in quantità nelle canoe e dentro i wigam. Per la pesca impiegano arpioni consistenti in bastoni di due o tre metri; sull'estremità del bastone è fissato un osso di balena di venticinque o trenta centimetri, al quale è attaccata una striscia di pelle di foca di quindici, venti metri. Con simili armi rudimentali i fuegini attaccano anche le balene.

Come ho già detto un fuegino ama solo se stesso, e questo basta a spiegare l'indifferenza dei fuegini per i loro morti. Le grida, le percosse che si infliggono al decesso di un parente e la distruzione del wigam in cui era vissuto il defunto si devono piú alla tradizione che al dolore. Non nego che qualcuno soffra con sincerità, ma è certo che l'immagine del defunto non resta impressa indelebilmente nell'animo di chi rimane. La vedova Macool, la piú affettuosa delle mogli, la donna piú casta, dopo aver pianto per quarantott'ore la perdita del marito si consolò, all'età di quarantacinque anni, sposando un giovane di diciotto. Di cinque o sei matrimoni cui ho presenziato, in tre di essi la moglie aveva dieci anni almeno piú del marito. Ho perfino assistito al matrimonio tra un giovane di vent'anni e una vecchia di sessanta; la donna si chiamava Fuegia Basket.

L'ultima ora di un infermo si annuncia con tremende grida. Tutti i presenti partecipano al dolore della famiglia:

uomini e donne si colorano il viso e le mani di nero, e i parenti piú prossimi si strappano i capelli e si feriscono il corpo con coltelli e conchiglie. Ma tutto ciò è di breve durata: il cadavere ancora caldo è avvolto in qualche straccio di tela ed è seppellito subito, con le armi se è un uomo e se è una donna con ceste e attrezzi da pesca. Ancora pochi anni orsono gli Yagan bruciavano i morti nel bosco piú lontano dal luogo del decesso, e la velocità con cui procedevano all'operazione poteva riservare loro qualche sorpresa. Il fuegino Ococco accompagnava all'ultima dimora un parente che credeva morto; lo Jakamush diede fuoco alle fascine e, sorpresa!, appena il fuoco iniziò a lambire le carni del cadavere quello fece un balzo e corse a collocarsi tra le fila di chi lo piangeva. La morte era solo uno svenimento; i fuegini ne vanno soggetti piú spesso di altri. La missione opera instancabilmente affinché il costume di seppellire i morti appena deceduti venga del tutto abbandonato.

La facilità con cui ottenni degli scheletri umani contrasta alquanto con la ripugnanza per i defunti che il capitano FitzRoy e alcuni missionari hanno attribuito ai fuegini. Ococco, Ascapan, Coostri o Fred non hanno avuto difficoltà a mostrarmi dove erano sepolti i loro morti, e mi hanno perfino guidato per miglia e miglia perché mi procurassi crani e altre ossa umane. Fred mi vendette spontaneamente il cadavere di suo padre, e l'addio che diede al cranio di chi gli aveva dato la vita, mentre veniva imballato, mi dimostrò che la memoria di un morto non turba minimamente la coscienza di chi gli sopravvive.

I fuegini credono che dopo la morte lo spirito abbandoni il corpo e vaghi per monti, boschi e vallate: se era malvagio sarà inquieto e soffrirà, e se era buono sarà tranquillo e pieno di allegria. Le credenze religiose sono assai limitate: un Dio benigno e un altro dio maligno che i fuegini rispettano in pari modo. Curspic, il Demonio, si vendica della loro indifferenza castigandoli con vento, pioggia e neve; i fuegini credono che l'arcobaleno sia il messaggero della sua ira, e quando compare le donne e i bambini si disperano mentre gli uomini lo insultano e sputano nella sua direzione.

La presenza delle missioni in Terra del Fuoco ha già modificato di molto il carattere degli abitanti del canale di Beagle. E dati la rapidità del progresso e i molti sacrifici dei missionari, sono certo che tra non molto si potrà dire di ogni fuegino ciò che oggi si dice del solo Pallalaia: egli fu tra i piú bellicosi, i piú disonesti, i piú superstiziosi abitanti della Terra del Fuoco, ma ora vive all'ombra della Croce, modello di virtú, esempio di lavoro».

Punta Arenas, 53° 10′ sud e 70° 56′ ovest; King George Island, 62° 00′ sud e 58° 21′ ovest, prima settimana dell'autunno australe, 1990.

L'aereo per l'Antartide partí al tramonto, dopo due giorni di rinvii e di telefonate alla Fuerza Aérea in cui chiedevo una conferma e loro rispondevano «No, giú non si può atterrare». Fin dall'inizio era stabilito che con condizioni meteorologiche sfavorevoli il volo sarebbe stato annullato, e poiché entravamo nell'autunno australe poteva non essercene un altro. Nell'opinione della Fuerza Aérea ero libero di trovarmi un'occupazione in Patagonia fino alla prossima buona stagione. Poi un pomeriggio squillò il telefono, dissero di fare presto perché 'laggiú' il cielo si era aperto, e io corsi in aeroporto. L'aereo militare era già stato caricato e aveva i motori accesi; entrai in un fragore assordante e loro chiusero il portello.

Ho detto che era il tramonto, ma il sole restava sospeso o scendeva lentissimo. Volavamo sul canale di Drake, l'aereo era pieno per tre quarti di casse di materiali e viveri, e nei pochi strapuntini sedevamo in una quindicina: scienziati cinesi e coreani, un professore di Boston, parenti di ufficiali di una base antartica cilena, qualche anziano americano cui mancava soltanto un continente per averne visti sette. Piú tardi, attraverso gli oblò schermati dalle rastrelliere di barelle, sarebbero apparsi i primi iceberg tabulari, grandi marmi flottanti, candidi signori di questo mare.

Le carte dell'Ammiragliato, ancora ottant'anni fa, davano dell'Antartide una geografia curiosa, un bianco indefinito da cui emergevano, come nei disegni da completare, due sole forme tratteggiate: la penisola di Palmer, milleduecento chilometri piú a sud su questa stessa rotta, e il mare di Ross in un altro quadrante. Andarci allora con navi a vela e una piccola caldaia a vapore, senza telegrafo né radio, era come partire per la Luna. L'Antartide era un altro pianeta, un corpo celeste abitato da milioni di pinguini, impacciati e impeccabili marziani. Non si sapeva bene dove finisse l'acqua e cominciasse il ghiaccio, né se finisse il ghiaccio e cominciasse una terra. Per scoprirlo, gli esploratori cozzavano con la prua contro la banchisa, aprivano il ghiaccio fin dove si poteva aprire, e fu cosí che la *Belgica* del capitano Adrien de Gerlache, partita da Anversa e giunta in quelle nuove terre nel 1898, rimase intrappolata in questo mare. De Gerlache scrisse le memorie di quel viaggio, le pubblicò nel 1901 con il titolo di *Quinze mois dans l'Antarctique*, l'anno dopo ricevette un premio dall'Académie Française, ripartí subito per il Golfo Persico e poi per la Groenlandia.

Trasformarono la nave in casa, mangiarono petti di pinguino e fegati di foca dopo aver trovato il modo di renderli meno grassi. Scese la notte polare, sessanta giorni in cui il sole non sorge affatto ma emana un'aurora irreale riflessa all'orizzonte. Dell'equipaggio facevano parte Roald Amundsen, allora sconosciuto, il conte Querini, il medico americano Frederick Cook. Cominciarono ad assumere un colorito giallo-verdognolo, le ghiandole secernevano male oppure a intervalli, un meteorologo norvegese morí, altri accusarono crisi cardiache e cerebrali, e il marinaio addetto allo scuoiamento e all'imbalsamazione degli animali impazzí. Fu Cook a salvarli con le medicine e con la sua sapienza, un esempio per tutti, e solo in extremis evitarono di svernare lí una seconda volta segando il ghiaccio attorno alla nave e scivolando via. Qualche giorno dopo il suo ritorno, Frederick Cook annunciò di aver scalato il piú alto monte delle Americhe, il McKinley, e qualche anno dopo annunciò d'aver raggiunto il Polo Nord, e qualche anno dopo ancora fu internato. «Un grande scandalo», mi disse sorridendo Peter Wadhams, glaciologo, direttore del Polar Ocean Physics Group di Cambridge e prima studioso nello Scott Polar Research Institute, il tempio degli studi polari dov'ero stato prima di venire qui. «Chiesero a Cook delle prove e lui forní alcune fotografie di ghiacci, uguali a tutti gli altri ghiacci. Era un'autorità, era il presidente della Società degli esploratori». Allo Scott Institute erano stati molto gentili. Nella camera blindata vidi documenti straordinari delle spedizioni antartiche, ricevetti carte geografiche aggiornate, carte che guardavo nella debole luce della pancia dell'Hercules cileno, mentre dopo quattro ore di volo il sole era sceso e dal buio oltre gli oblò guizzarono di colpo delle lucette viola, ci fu uno schianto secco, casse che volavano, e un vibrare di tutto l'aereo per il fuori-giri delle eliche in reverse, e poi l'arresto. Eravamo arrivati.

Fuori nevicava piano, la temperatura era di una decina di gradi sotto zero con calma di vento, il buio e il silenzio sarebbero stati totali non fosse per l'accorrere degli avieri; la baracca che fungeva da foresteria accanto all'hangar aveva una maniglia a scatto come quelle delle celle frigorifere e dentro custodiva un caldo asfissiante e una piccola folla di lingue diverse: molte razze, scienziati in transito, militari nervosi, meteorologi depressi, sembrava il bar interplanetario e degradato di un film di fantascienza. Molti avevano terminato la loro campagna estiva, aspettavano l'aereo con cui io ero arrivato e speravano di ripartire la notte stessa. Erano tesi, soprattutto due fisici americani di ritorno dalla Terra di Graham; volevano che li ascoltassi, come se nessuno mai li avesse ascoltati, e io li ascoltai, finché fu chiaro che l'aereo non ripartiva e sciamammo tutti nelle minuscole cabine con i letti a castello per dormire.

Da quando ho cominciato questo viaggio mi interrogo sul rapporto tra la natura e le storie. Il continente antartico, come ebbi modo di scoprire, non è quello delle immagini scattate nei rari giorni di tempo buono, dove tutto è 'bello' e il bello corrisponde all'imperante criterio fotografico di solarità. Se c'è una bellezza è quella complicata dei grigi e degli opachi, del diafano e della luce drammatica e irreale. Nonostante la grande violenza, la natura qui non è ostile o tanto meno amica, è solo indifferente alla presenza umana che è un fatto del tutto accidentale. Per noi il paesaggio è sempre un sentimento del paesaggio, ma quel che qui chiamiamo paesaggio non sgorga dalla coscienza, bensí la altera e le impone un'altra direzione. Per questo le storie antartiche sono cosí nervose.

King George Island è al novantacinque per cento coperta da ghiacciai che scendono a barriera fino in mare, o si arrestano poco prima creando baiette di sassi e terriccio morenico che le basi delle diverse nazioni contendono agli elefanti marini, ai pinguini, agli skua, oltre a reclamarsele tra loro. Cominciai a conoscere la voce dei 'roaring forties' e dei 'furious fifties', i quaranta ruggenti e i cinquanta furiosi, non un'età o un'epoca ma una misura in nodi del vento, quando il vento non sibila e non ulula ma arriva a colpi di raffiche e l'unica cosa a cui somiglia è il ruggito di un animale. Ogni ora portava un vento diverso, un'ora neve, un'ora pioggia battente, un'ora sole abbagliante, un'ora cappe di nebbia, e ogni tempo cambiava l'intensità e la colorazione della luce sui contrafforti rocciosi che spuntavano dai ghiacci. Nubi basse sfilavano piano senza essere seguite da alcun vento; altre volte raffiche isolate arrivavano dai diversi punti cardinali, senza legge apparente. Sembrava il luogo stesso d'origine delle nubi, il nido dei quattro venti. Dico cosí adesso ma dovrei subito capovolgere la prospettiva, come mi sforzai di fare in quei primi giorni: se proprio il paesaggio deve chiedere qualcosa al suo osservatore, è una sensibilità sufficiente per capire quanto esso non sappia cosa farsene di lui.

Ho cominciato a muovermi come posso: chiedo passaggi agli elicotteri della posta per le isole e la penisola, ai gommoni dei biologi che studiano i pinguini sugli iceberg e nelle baie, mi sposto a piedi da una base all'altra con marce di alcune ore, basandomi sulle mappe dello Scott Institute. Ho imparato a sommare alla temperatura il diagramma del vento, il 'wind chill' che incrementa il freddo con sbalzi improvvisi da meno otto a meno diciotto senza un motivo meteorologico; mi sono abituato a calcolare il punto di non ritorno e a prendere una decisione in rapporto al percorso e alla quantità di luce che rimane. Vado da solo e non patisco mai il freddo, il camminare diventa un ritmo e anche il vedere; solo la quantità di cioccolata che divoro indica un mutamento nei cicli abituali del corpo. Ogni ghiaccio, ogni pietra, ogni nebbia ha per me lo stupore di una scoperta e il senso di una violazione. Gli animali appaiono ovunque, e anche il rapporto con loro qui è diverso: non siamo noi a mantenerli, come nel nostro emisfero, come alle nostre latitudini, e questa differenza rimette ciascuno al proprio posto. Passo ore a guardare gli elefanti marini, enormi bestioni che dormono addossati l'uno all'altro sulla riva; la pelle coriacea che ricopre il grasso è macchiata di muschio e gli occhi grandissimi secernono una lacrima densa, che impedisce al vento di asciugare il liquido corneale, e che cola lentamente fino ai loro baffi.

Il cielo è l'altra metà del paesaggio, una specie di sfera di cristallo che può essere usata per vedere. A latitudini diverse accadde agli esploratori di scorgervi, riflesse nei miraggi, le navi e i compagni lasciati lontano, e i miraggi erano reali, solo le dimensioni ingannavano, sembrava tutto piú grande e piú vicino. Le nubi iridescenti e le aurore australi che squarciavano l'azzurro per effetto del vento solare non erano ancora nulla in confronto ai perieli e ai paraseleni, quando il Sole o la Luna si presentavano accompagnati da lune e soli gemelli o circondati da sezioni d'arco e croci luminose, che l'immaginazione riceveva come simboli teosofici o giocosi, e che erano il prodotto del passaggio dei raggi in un cielo intriso di minuscoli cristalli di ghiaccio.

Edward Wilson, biologo e pittore, il personaggio piú amato della 'banda antartica', vide il suo primo perielio nel 1902. Tirò fuori di corsa il teodolite e misurò tutti gli angoli e le distanze dei cerchi luminosi tra di loro, e annotò: «Era una visione stupenda ma molto difficile da descrivere, però sono riuscito a fare degli schizzi che credo potranno rendere un'idea». Le lastre fotografiche dell'epoca avevano tempi di posa troppo lunghi, e poi erano in bianco e nero, e i fenomeni ottici troppo mobili perché potesse restarne qualcosa. Cosí Wilson faceva degli schizzi a matita durante le marce e accanto a ogni forma luminosa appuntava il colore, arancio, giallo, violetto, trasformandoli poi in acquarelli nei momenti di riposo alla baracca. Morí con Scott nel 1912 nel disperato ritorno dal Polo Sud, dove avevano trovato piantata la bandiera norvegese di Amundsen e una lettera che li invitava a rendere omaggio al re Haakon VII. I suoi acquarelli danno l'immagine piú bella e adeguata di questo paesaggio: chiuso nella sua differenza da tutto quanto conosciamo e che mai ci accoglierà.

Del paesaggio, qui, fa parte tutto ciò che viene lasciato, ci sono ancora i cani di Scott, cadaveri essiccati, mummificati in modo naturale dal gelo, legati alla catena, perfino le impronte. Solo che sono impronte al negativo. Ne ho viste alcune che non erano affondate nel ghiaccio ma dal ghiaccio emergevano. Dalla distesa bianca veniva fuori uno zoccolo di ghiaccio a forma di piede, come una scultura. «È molto semplice, – mi disse Xie Zichu, glaciologo cinese, – chi ha lasciato questa impronta ha schiacciato neve fresca, compattandola e facendola ghiacciare. Poi il vento d'ablazione ha spazzato via la neve circostante, abbassando il livello. Per questo adesso spunta l'orma».

Mi capita di vedere altri tipi di impronte, altrettanto sorprendenti, nei luoghi piú deserti: intrecciato a una scogliera dai riflessi verdi, trovo un centinaio di metri di tubo di nafta venuto da chissà dove; o dietro la china di un ghiacciaio trovo un cingolato sovietico col cingolo staccato, e il tutto abbandonato lí dove si è rotto. Non c'è tempo nemmeno per provare sentimenti di sdegno, il paesaggio ti butta in faccia questi oggetti come uno schiaffo: «Questo è tuo».

Pacifico australe, febbraio-marzo 1898. Spedizione De Gerlache.

«Anziché condurci nel mare di Giorgio IV navigato da Weddell, il caso ci ha portato nel Pacifico e non sappiamo come chiudere al meglio il periodo della nostra esplorazione se non spingendoci verso sud-ovest. Dopo aver felicemente superato gli scogli che ostacolano l'accesso al Grande Oceano attraverso il canale di Lemaire, continuiamo a governare verso sud costeggiando il litorale per quanto ci è possibile dato che lo protegge la muraglia del 'pack', l'enorme accumulo di ghiaccio a lastroni.

Il giorno 13 febbraio alle nove antimeridiane cercammo di riconoscere il lembo della Terra di Graham, ma la banchisa era cosí compatta che dopo poche miglia in direzione sud-ovest dovemmo riprendere il largo. Governammo per una quindicina di miglia verso nord-ovest, attraversando una corona di isolotti bassi, attorniati da frangenti e punte che, con il loro involucro di ghiaccio, presentavano lo stesso aspetto delle piccole isole situate nella zona meridionale dello stretto.

Il giorno successivo, il 14, mettiamo nuovamente la prua in direzione sud-ovest. Il cielo è nebbioso ma la brezza è favorevole. Navighiamo solo di vela e di tanto in tanto eseguiamo manovre sollecite per evitare gli iceberg. A babordo, dalla parte di terra, un accentuato riflesso bianco, l''iceblink', accusa nella nebbia l'esistenza di un'amplissima distesa di ghiacci. Attraversiamo qualche zona di 'drift ice', il ghiaccio alla deriva nella corrente, e in diverse occasioni siamo obbligati a governare sempre piú verso ovest per evitare la banchisa. Navighiamo nelle acque delle Isole Biscoe, riportate sulla carta dell'Ammiragliato, ma non riusciamo ad avvistarle; è vero che il cielo e l'atmosfera sono piuttosto opachi, e forse le abbiamo abbandonate alla distanza di qualche miglio, da un lato o dall'altro della nostra linea di rotta.

Il giorno 15 febbraio governiamo in direzione sud-ovest sempre sotto completa velatura. Incontriamo parecchi iceberg; sulla loro scia volano moltissimi albatros dalla maestosa ampiezza d'ali, accompagnati da eleganti piccioni del Capo. A mezzogiorno issiamo la bandiera per commemorare il passaggio del Circolo polare antartico e celebrare il nostro ingresso nella zona polare propriamente detta. Verso terra, sulla sinistra, la nebbia si fa sempre piú densa e lunghe zone di drift ice, orientate da sud-est a nord-ovest, si distaccano sull'orlo del pack. Alle tre e trenta pomeridiane, apertosi il cielo, osserviamo alcuni iceberg dritti a babordo, e poi l'iceblink che rivela l'arrivo di una grande massa di ghiacci. Poco dopo distinguiamo l'orlo della banchisa a circa due miglia di distanza. Un'ora piú tardi, una benevola breve schiarita ci permette di scorgere a est alcune terre alte i cui culmini si confondono nell'opacità della nebbia. È la Terra di Graham, dalla quale ci separa la banchisa disseminata di iceberg. Verso ovest il mare è libero, rotto solo qua e là da montagne galleggianti di ghiacci.

Il giorno 16 continuiamo la nostra rotta a vapore essendo calata la brezza favorevole di nord-est. Alle quattro antimeridiane, a circa 67° 40′ sud e 69° 55′ ovest, posizione ottenuta a stima, scorgiamo terra verso sud-est. È senza dubbio l'isola di Adelaide intravista da John Biscoe nel 1830. Attorno alla nave possiamo contare ottantacinque iceberg. Siamo in rotta a sud, 30° est, per avvicinarci alla terra, ma dopo aver percorso circa dodici miglia in questa direzione arriviamo a filo della banchisa che si estende impenetrabile fino alle coste verso cui eravamo diretti.

Ci ritroviamo in mare libero, con iceblink, dopo aver inutilmente cercato di penetrare quella formidabile massa, o meglio dopo avervi dato qualche rapido colpo d'elica. Pochi istanti ancora e un'altra terra è in vista a sud, 20° ovest. Mettiamo la prua in direzione di questo nuovo lembo, ma una nuova banchisa si interpone minacciosa e ci obbliga a governare piú a ovest. Con il cielo limpido possiamo finalmente ottenere il punto nave per osservazione diretta: 69° 50´ latitudine sud e 70° 39´ longitudine ovest. Verso le quattro ci fermiamo per scandagliare: i centotrentacinque metri di fondo indicano che ci troviamo senza dubbio sull'altipiano submarino del continente antartico. La Terra di Alessandro, scoperta da Thaddeus von Bellingshausen nel 1819, apparve ai nostri occhi in modo superbo, con i suoi poderosi ghiacciai appena separati tra loro da qualche picco piú scuro che si distacca in un bianco giallastro contro l'azzurro cupo del cielo. Ma un po' alla volta il tempo si oscurò, piovve, e la coperta della nave si coprí di nevischio. La luce crepuscolare era di un rosso vivo, intenso. Verso la mezzanotte, sotto quella luce, il mare, la banchisa e la terra presero l'aspetto di un'immensa fornace ardente.

Dal 17 al 28 febbraio navigammo sia a vela sia a vapore continuando l'esplorazione dell'orlo della banchisa e insinuandoci in ogni breccia possibile. I ghiaccioni che formano il pack, coperti di neve, sono bianchissimi, ma quando vengono morsi dalla ruota di prua il ghiaccio messo a nudo diventa di un vivido giallo ocra verdastro per l'abbondanza strabocchevole di diatomee. Sopra i massi di ghiaccio sono tranquillamente sdraiati leopardi marini e qualche foca di Ross.

A piú riprese, specialmente nei giorni 18, 20 e 22, veniamo bloccati per qualche ora non potendo riguadagnare il largo. Allora è necessario retrocedere verso nord dove ritrovare, attraverso la banchisa piú dislocata, il mare libero, rilevato dalle strisce di 'water sky' disegnate in cielo, mentre a sud si propaga senza sosta l'abbagliante iceblink.

Il 21 febbraio alle otto pomeridiane avvistiamo non meno di trecentoventi iceberg disseminati lungo l'intero giro dell'orizzonte. Sull'orlo del pack i ghiaccioni, innalzati dalla rifrazione, sembrano edifici di una città fondata in riva al mare. L'illusione è ancora piú completa poiché il sole calante riverbera e si raccoglie in cima a un'alta guglia che sembra un immenso faro proteso sulle acque.

Il 24 febbraio, a 69° 30′ di latitudine sud e 82° 24′ di longitudine ovest, otteniamo uno scandagliamento di cinquecentodieci metri. Il giorno seguente una seconda sonda, gettata a 69° 17′ di latitudine sud e a 82° 24′ di longitudine ovest, ci rileva una profondità di circa duemilasettecento metri. Da questo scandaglio ci accorgiamo di aver lasciato il pianoro continentale della Terra di Alessandro. Fu l'operazione di scandaglio piú costosa di tutte, prima e dopo: perdemmo duemilacinquecento metri di sagola, una sonda di Brooke, una bottiglia di Sigsbee e due termometri a rovesciamento, un vero disastro.

Il giorno 27, a mezzogiorno, in 69° 24′ di latitudine sud e 84° 39′ di longitudine ovest, un altro scandaglio accusò il fondo a duemilaseicento metri. Poiché il tempo si era rimesso al bello e il mare era libero verso sud, approfittammo di queste due circostanze per guadagnare qualche minuto in latitudine. Alle cinque pomeridiane, a 69° 41′ di latitudine sud e a 84° 42′ di longitudine ovest, otteniamo una profondità di millesettecentotrenta metri; poco dopo la brezza si alza e rinfresca da est-nord-est. Verso le otto scorgiamo ghiaccio disteso a sud e quindi con velatura molto ridotta continuiamo la rotta verso sud-ovest. Durante le ore della notte il cielo si oscura per la nebbia fitta e il mare si alza; l'orlo della banchisa presenta alcuni crepacci.

Il giorno dopo, il 28 febbraio, data memorabile nella storia della nostra spedizione, ci si presenta un'opportunità rara se non unica: quella di penetrare la banchisa e forse attraversarla. Sebbene la stagione fosse ben inoltrata, e sebbene nei nostri passati tentativi di insinuarci nel pack avessimo già osservato la formazione del ghiaccio giovane che annuncia l'approssimarsi dell'inverno, l'occasione di avventurarsi verso l'estremo mezzogiorno appariva favorevole.

Questo periodo sembrava insomma il piú propizio a una navigazione attraverso la banchisa australe. All'epoca della sua seconda spedizione antartica, tra il 1841 e il 1842, il capitano James Clark Ross, che si era avvicinato il 18 dicembre sul margine settentrionale del pack, poté toccare quello opposto solo il 2 febbraio successivo, cioè dopo quarantasei giorni di sforzi titanici, mentre noi impiegammo un giorno solo per riattraversarlo in senso inverso. Durante l'estate del 1894, la baleniera norvegese *Antarctic* impiegò trentotto giorni per percorrere quella stessa banchisa da nord a sud, mentre noi potemmo ritornare sulla stessa rotta dopo una manciata di giorni.

Ci troviamo nei luoghi in cui Von Bellingshausen ha segnato sulla sua carta un'impenetrabile muraglia di ghiaccio, ma anziché quella spaventosa barriera noi osserviamo una banchisa dall'orlo lacerato e tagliato da crepacci larghi e numerosi, perfettamente navigabili. Forse questa banchisa non si estende fino al continente antartico, e a sud lascia un vasto mare libero dai ghiacci simile a quello che navigò Ross con tanta fortuna. E penetrandola noi potremo con molta probabilità solcare acque finora inesplorate.

I miei progetti iniziali erano senza dubbio differenti, ma in fatto di navigazioni polari occorre agire secondo le circostanze e saper cogliere le occasioni. A mio modo di vedere dobbiamo tentare la sorte, sia che attraversiamo la banchisa sia che vi sostiamo, sia che cerchiamo di allontanarcene per evitare lo sverno sia che ci lasciamo bloccare nel pack. I miei scienziati sono di un'opinione diametralmente opposta alla mia, non perché temano il pericolo ma perché, avendo già raccolto un'ampia messe di questioni scientifiche, vorrebbero assicurare l'esistenza delle preziose collezioni prima di arrischiarsi in nuovi pericoli. Le loro considerazioni sono lodevoli, e anche molto sagge; però la banchisa è lí, aperta davanti alla prua della nostra nave, e io, che sono marinaio innanzitutto, non so resistere alla tentazione di penetrarvi interamente. Lecointe è di guardia sulla passerella. Gli vado incontro, e dopo aver riflettuto e considerato con lui tutte le eventualità buone e cattive che si potranno presentare ho la gioia di trovarlo del mio stesso avviso. Accogliendo la sua adesione con una vigorosa stretta di mano, drizzai la prua verso sud.

Alle nove antimeridiane del 28 febbraio 1898 ci lanciavamo a capofitto nei ghiacci eterni del Polo. Verso meridione si succedevano le aperture, lunghe qualche volta parecchie miglia. Sono separate le une dalle altre da immensi lastroni di ghiaccio attraverso cui la *Belgica* si apriva il passaggio. Ma non sempre è sufficiente la spinta vigorosa del vento e per questo, per forzare gli ostacoli del ghiaccio, dobbiamo non di rado adoperare la forza motrice del vapore; allora la prua della nave si alza e col suo peso immane spezza il ghiaccio. La brezza già cosí viva rafforza ancora, e alle sei pomeridiane soffia in tempesta. Nel labirinto dei crepacci la *Belgica* naviga rapidamente e bene, malgrado la velatura ridotta; tutte le volte che arriviamo sul lato opposto di un'apertura dobbiamo arrestarci di colpo se non vogliamo urtare quella massa di gelo con eccessiva violenza. A mezzogiorno siamo a 70° 28′ di latitudine sud, quindi non distiamo molto dal settantunesimo parallelo australe.

Nevica, l'anemometro accusa una velocità di cento chilometri l'ora. Non ci si vede a un nodo di distanza, la notte è grave. La nostra navigazione nella crescente oscurità, attraverso i blocchi di ghiacci urtati e sconvolti dalla nostra prua, con un fracasso cosí assordante da dominare il fragore della tempesta, ha assunto un carattere fantasticamente spettrale. Ci sembra l'ingresso in un mondo diverso, dove dèi terribili ci sottopongono a prove soprannaturali come fecero con gli eroi delle saghe scandinave. E non è forse un mondo nuovo quello in cui oggi noi entriamo, non per liberare qualche valchiria addormentata ma per strappare alla bianca Antartide un qualche suo mistero, tanto gelosamente custodito?

Alle dieci pomeridiane l'oscurità è completa. Dirigiamo la nave in un'ampia laguna dove mettiamo in cappa fino alle prime luci del mattino. La brezza cade rapidamente e quando riprendiamo la rotta verso sud, alle quattro antimeridiane del 1° marzo, è calma perfetta. La banchisa si mantiene rotta e frammentata, e le lagune si succedono come ramificazioni di laghi. Nel pomeriggio, dopo aver lottato due ore consecutive per forzare il passaggio attraverso un enorme agglomerato di lastroni, possiamo navigare in un ampio spazio d'acqua libera che in lontananza, durante il mattino, dal nido di corvo, avevamo visto protendersi verso sud. Ma alle cinque il ghiaccio ci sbarra la via. Di fronte alla nave si estende minacciosa e invulnerabile l'eterna banchisa.

A mezzogiorno del 2 marzo ci troviamo in 71° 31′ di latitudine sud e 85° 16′ di longitudine ovest. Da quel momento abbiamo navigato di laguna in laguna solo un paio di miglia verso sud finché abbiamo derivato verso il Polo con l'intera banchisa. I lastroni di ghiaccio che ci attorniano formano ben presto un banco tanto compatto da impedirci qualsiasi tentativo di rotta.

Il 3 marzo alcuni piccoli canali si disegnano nello smisurato campo, e noi vi penetriamo senz'altro, ma non tardiamo ad accorgerci che il risultato ottenuto è assai poco lusinghiero. Siamo a 71° 81′ di latitudine sud, cinque miglia piú a nord di ieri, ancora obbedienti a una deriva di regresso. Sopra uno dei lastroni ci sono trenta o quaranta pinguini prossimi al cambio del piumaggio. Nelle ore pomeridiane, essendosi prodotta una leggera frattura verso nord, riusciamo a percorrere senza grandi difficoltà otto o dieci miglia in questa direzione. Dal nido di corvo conto centoventisette iceberg disposti tutti attorno alla nave; uno di essi, enorme e tabulare, che nel mattino distava da noi circa un paio di miglia a est, ora si è avvicinato sensibilmente.

Poiché lo sverno è diventato inevitabile ci occupiamo subito di rendere il piú confortevole possibile la prigione in cui vivremo per un periodo di otto o nove mesi. Circondiamo la nave di un muro di neve alto fino all'estremità superiore delle murate affinché la dispersione del calore interno sia meno sensibile. Installiamo la macchina per l'acqua distillata. Arrangiamo le rastrelliere per le racchette da neve e gli altri oggetti indispensabili alle escursioni sul ghiaccio. Nel quadrato degli ufficiali e sul fianco della camera delle macchine prepariamo una dispensa dove disponiamo le scatole di conserve e le derrate chiuse in casse di zinco e ciò che il freddo non potrà alterare come riso, zucchero, paste alimentari. La parte di corvetta, sbarazzata, è convertita in sala da lavoro per l'equipaggio e adibita a cucina. Rassettando, in una delle casse contenente la cristalleria dei laboratori scientifici, troviamo un foglio sul quale è scritto "Buona riuscita e buona salute agli esploratori"; è datato 7 luglio 1897 e firmato "L'imballatore L. Laumont, via Pierreux". Auguri che giungono nell'istante del bisogno.

Il 26 marzo lasciamo spegnere i fuochi della caldaia fino ad allora rimasti accesi. Un'inchiesta approssimativa sul combustibile rimasto ci informa che possediamo ancora settanta tonnellate di carbone e quasi quaranta tonnellate di antracite nei cassoni. Ammainiamo le vele, meno quelle di trinchetto, di brigantina e di gabbia per non trovarci completamente dissestati nel caso, poco probabile a dire il vero, di una subitanea rottura dei ghiacci. Accomodiamo un tavolo sopra il grande quadrato che nel cassero di poppa dà accesso alla camera delle macchine; sopra questa impalcatura sistemiamo una piccola stufa che bene o male riscalderà le nostre cabine, disposte attorno. Davanti alla porta dei laboratori fissiamo una bussola coperta di cartone e bitume.

Questi lavori di preparazione e adattamento occuparono l'equipaggio fino a tutto il mese di aprile. Durante quel periodo, lo Stato Maggiore prende disposizioni per assicurare il turno delle osservazioni scientifiche.

Per il momento noi non siamo piú dei naviganti, ma i residenti di una piccola colonia penale, condannati a reclusione temporanea. A bordo della *Belgica* abbiamo le nostre celle e le sale comuni. Abbiamo, per esercitarci, il 'floe', l'impiantito di ghiaccio ricoperto di neve che il vento tormenta. E ci è proibito allontanarci piú di qualche chilometro e perdere di vista le alberature della nave. A poco a poco la nostra esistenza, terribilmente monotona, si andava organizzando.

Il problema del regime alimentare era della massima importanza. I viveri non ci mancavano, poiché quelli che avevamo con noi potevano essere conservati. Avevamo tutto il possibile e il piú variabile possibile sotto il piú piccolo volume possibile. Tanto alla mensa degli ufficiali quanto a quella dell'equipaggio si servivano le medesime vivande; mancava generalmente il pesce fresco perché la banchisa era troppo alta e profonda. Per esempio, un filetto di pinguino imperiale costituiva un piatto sufficiente a saziare l'intero equipaggio. La carne dei volatili e la carne degli anfibi hanno una certa somiglianza di gusto e d'aspetto, entrambe nere e coriacee, molto grasse e quindi oleose; quella dell'anfibio, poi, contrariamente a quanto si crede, non ha affatto il sapore del pesce benché pinguini e foche si nutrano soltanto di minuscoli crostacei.

Il nostro comune avvenire è ormai tangibilmente legato all'esistenza della cara nave; le nostre gioie e le nostre pene hanno origine da un'unica causa. L'unione, la fratellanza, l'eguaglianza nel lavoro ci sono necessarie. La divisa nazionale della Patria, scritta in lettere d'oro sul luogo piú appariscente della coperta, è lí per ricordarci il nostro dovere».

Admiralty Bay, 62° 10′ sud e 58° 25′ ovest, seconda settimana dell'autunno australe, 1990.

Xie Zichu aveva una sessantina d'anni, era minuto dentro l'armamentario antartico e il suo invidiabile biglietto da visita riportava in inglese e in ideogrammi che era vicepresidente del Comitato internazionale della neve e del ghiaccio. Piú che parlare gridavamo perché il vento sul ghiacciaio Collins mozzava le parole. Xie diceva «Le storie non sono nelle basi, le storie sono qui. Questa è una memoria in cristalli, lei dovrebbe imparare a leggerla. Per lei il bianco è tutto bianco, il ghiaccio è tutto ghiaccio. Poiché il suo animo è sensibile, si lascerà conquistare dalla bellezza delle forme. Resista. Cerchi un altro tipo di attenzione». Io mi ero chinato sull'orlo di un crepaccio, piú che chinato mi ero steso sul bordo, cercavo di vedere il fondo.

Seguivo le indicazioni di Xie, mi chiedeva se riuscivo a distinguere come i cristalli fossero piú grandi mano a mano che si scendeva, come i cubicoli e le bolle d'aria diminuissero nelle pareti, per effetto della pressione sovrastante. Cosí il ghiaccio cambiava colore attraverso i bianchi, i celesti e i grigi, e cambiava d'età, di cristallizzazione in cristallizzazione, indietro per millenni e millenni. Piú giú ancora doveva esserci il punto in cui il ghiacciaio aveva perso plasticità per uno stress da piegamento e si era spaccato in ferite visibili in superficie, parallele come un'aratura e profonde magari fino alla terra, al continente vero e proprio. L'Antartide, prima di scivolare in fondo al pianeta, era stato al centro di Gondwana, come viene chiamato il grande blocco delle primigenie terre meridionali. Confinava a nord con l'India, a est con l'Australia, a ovest con l'Africa e l'America del Sud.

Nel 1903 Scott e tre dei suoi guardarono allibiti l'impronta fossile di una piccola pianta molto diffusa nelle savane d'Africa, e piú sorprendente ancora era la valle secca, senza ghiacci, nel cuore dell'Antartide, dove l'avevano trovata. Tornavano da un'esplorazione nell'interno, nervosi e affamati avevano imboccato un ghiacciaio coperto da nubi basse e salendo e bucando le nubi si erano accorti di aver sbagliato ghiacciaio. Scesero fino a un lago e oltre il lago c'era la grande valle secca: i ghiacci terminavano lí, lasciando un ampio plateau di terra. Fecero il punto nautico col sestante e scoprirono che se l'avessero attraversato sarebbero arrivati a McMurdo Sound, la loro base, in un giorno, solo che avevano le slitte, ed era difficile trascinarle per chilometri e chilometri di terriccio e ciottoli. Dovettero salire nuovamente e fare il giro, arrivando a McMurdo mezzi morti, ma avevano scoperto uno dei luoghi piú stupefacenti della Terra, non diverso da quelli che Herbert George Wells immaginava negli stessi anni su altri pianeti.

Mi rialzai, rassicurai Xie Zichu di aver visto quanto voleva che vedessi, e mentre scendevamo dal ghiacciaio verso la base cinese Great Wall mi parlò del duomo Circe nell'immenso altipiano orientale dove la calotta ghiacciata è profonda tremila metri. Tutto quel ghiaccio piú il ghiaccio della calotta occidentale e delle zone periferiche racchiude i nove decimi dell'acqua dolce del pianeta. Nel versante dov'eravamo noi, la deglaciazione era iniziata già da un secolo, per questo lui misurava i ghiacciai, li auscultava, li sorvegliava col satellite cercando di capire se si trattasse del normale ciclo glaciologico delle ere o se era iniziato un processo irreversibile. «Ci vorrebbero millenni, ma se accadesse, il disgelo dell'Antartide innalzerebbe i mari di duecento metri. Un diluvio universale al rallentatore», disse. Solo quando tornammo alla base e lui mi mostrò tutto soddisfatto la macchinetta per la depurazione dell'acqua di scarico installata da poco, gli confessai che sul ghiacciaio Collins m'ero avventurato da solo qualche giorno prima, aggirando i crepacci o andando avanti finché sotto i piedi avevo sentito un'eco 'opaca' e poco convincente. Mi guardò come se fossi un pazzo, poi mi dette quel suo biglietto da visita, infine mi invitò a partecipare con lui alla prossima campagna glaciologica cinese in Tibet.

Non era il primo biglietto da visita che ricevevo in un luogo che mai avrebbe lasciato supporre l'esistenza di informative simili. Un giorno avevo fermato un uomo con la barba rossa che correva come un matto su una minuscola moto a tre gomme piene. Lo avevo incrociato già altre volte, per questo invece di tirarmi di lato sulla pista mi piazzai nel mezzo agitando le braccia. Lui si fermò e io gli chiesi semplicemente chi fosse. Si sfilò occhialini e guanti, aprí la giacca a vento e mi passò un biglietto da visita con su scritto «Alejo Contreras, Guida antartica». Mi raccontò di aver organizzato l'ultima spedizione di Messner, di aver scalato con lui qualche anno prima i monti Ellsworth, di essere andato e tornato a piedi dal Polo. Quando volevo potevamo farlo insieme. Simpatie e antipatie si raffermano presto in questo luogo, ghiacciano all'istante come fossero acqua e c'è poco tempo per modificarle. Scoprimmo di avere amici in comune, i due biologi della ex Germania Est che vivevano in un container della marina con finestre, la loro 'base'.

Da Detlev e Joachim andavo qualche sera a mangiare cibi in scatola tedeschi, e per queste cene c'erano sempre equivoci sull'ora visto che ogni base adotta la sua ora, legittimata dal modo incredibile con cui la luce governa la giornata. Arrivavo in anticipo e non volevo disturbarli perché loro quel container lo sentivano profondamente come casa propria; mi fermavo sulla riva, guardavo il pinguino che si era fidanzato con uno dei gommoni e viveva lí isolato, presso il motore fuoribordo.

Joachim conservava una dolcezza e una formalità da appartamento berlinese, seppure della Berlino Est, Detlev invece diventava nervoso dopo cena, andava su e giú in silenzio nella stanzetta metallica tra piante in idrocoltura e il grande apparato radio russo pieno di rack radio a onde corte, diceva «Che se ne fa la scienza di tutte queste basi? Studiamo tutti gli stessi pinguini, raccogliamo le stesse alghe, mettiamo in provetta gli stessi microrganismi, ogni nuova base si passa e si ripassa le stesse foto dal satellite stazionale per la meteorologia e nel frattempo ci vogliono mesi perché arrivi una lettera da casa, e i giornali dove li compro? Le persone, poi, se vivi con qualcuno sei mesi in Antartide lo conosci meglio che se ci passassi insieme tutta la vita in qualsiasi altro posto, e se non ti piace dov'è che vai per non vederlo?» Scuoteva la testa sorridendo, diceva «Sono disperato! Non si può stare senza qualcuno che ti vuole bene». Poi ritornava al tavolo, composto, e partendo da quell'ultima considerazione parlavamo di filosofia tedesca.

È vero anche che Joachim e Detlev non potevano tornare a casa. Il muro di Berlino era caduto, era proprio quello che ascoltavano alla radio a onde corte la sera nei cinquanta gradi sotto zero nel ghiaccio dell'Antartide. Sí, la Germania si era ricongiunta, ma i loro passaporti non sarebbero stati accettati da nessuna frontiera. Joachim disse a Detlev «Siamo apolidi in Antartide», e quando ci congedammo risi con loro ma sapevo che senza documenti non potevano raggiungere l'acqua o la terra con una nave e nemmeno con un aeroplano. Prima che arrivasse una nave a recuperarli dovettero restare nel container con l'idrocoltura e le radio ancora per un anno.

Cominciavo a farmi un'idea generale delle basi, o meglio della 'base' in sé. Diversamente da qualsiasi altro posto, la funzione piú sofisticata di ricerca e quella elementare di 'casa' erano connesse in un solo insediamento. La base, in Antartide, era tutto, abitazione, laboratorio, riparo dagli elementi, punto di riferimento geografico per chi, come me, si muoveva da un luogo all'altro, un nome a cui collegare un'idea di luogo, e un'idea di caldo e di 'mangiare', separato dal fuori da quella piccola stanza di decompressione termica dove arrivando mi toglievo gli scarponi sporchi di ghiaccio e i pezzi piú cospicui e pesanti dell'armamentario. La base era un avamposto del Paese cui apparteneva, e simbolo di una presenza, di un'occupazione moderata del territorio concessa dal Trattato Antartico del 1959, ma era pur sempre un'occupazione. Per il suo assommare in sé tutti questi aspetti conservava qualcosa della nave con cui erano arrivati e in cui vissero i primi esploratori; per il suo carattere tecnologico e scientifico, e per la quantità di antenne, e perché spesso poggiava su piedi per motivi di coibentazione, aveva addirittura qualcosa dell'astronave anche se poi all'interno, negli spazi piú domestici, ritrovavi le cineserie dei cinesi con i mobiletti laccati neri e le stuoie, o le suppellettili russe dei russi, nei loro ambienti in cui colava acqua sulle finte mattonelle di carta da parati adesiva, acqua che colava dappertutto come in un film di Tarkovskij, una struggente memoria della casa. Si muovevano anche, le basi, dato che qui tutto è mobile: quelle nei ghiacciai scivolavano con il loro ghiacciaio alla velocità di un paio di chilometri all'anno. E talvolta scomparivano, come la base sovietica Družnaja 1, che prima ancora di essere occupata non si sapeva che fine avesse fatto finché un satellite ne fotografò alcuni edifici su un iceberg tabulare, lungo un centinaio di chilometri, alla deriva nel mare di Weddell.

Sir Ernest Shackleton aveva ben presente il carattere di occupazione, esplorazione e ricerca che ancora oggi è nell'aria nelle basi, e nel 1908 divise la sua spedizione in due tronconi: lui partí per il Polo geografico, nel cuore dell'altipiano antartico, e spedí Douglas Mawson al Polo magnetico, deviato a ovest di duemilacinquecento chilometri. La prima era una spedizione 'record', Shackleton arrivò a centoventisette chilometri dal Polo Sud geografico, lí fece bene il calcolo delle riserve e poiché l'unica cosa che gli stava a cuore veramente erano i suoi uomini, ebbe il buon senso di tornare indietro. E se il cavallino manciú Chinaman non fosse sparito ingoiato da un crepaccio con i viveri che portava, e con i viveri che rappresentava da sé, dato che i cavallini venivano mangiati via via dalla spedizione, Shackleton ci sarebbe arrivato al Polo Sud, evitando cosí la corsa di Scott e Amundsen che finí in tragedia. Mawson invece raggiunse il Polo magnetico, un puro luogo scientifico, talmente scientifico che si sposta continuamente seguendo il magnetismo terrestre; quando Mawson ci pose la bandierina era sulla terra, e oggi è in mare. Negli ordini di Shackleton a Mawson, oltre alle osservazioni magnetiche e alla raccomandazione di studiare la Dry Valley, la 'Valle Secca', c'era anche quello di prendere possesso delle terre «quale parte dell'impero britannico». E inoltre: «Se troverete dei minerali di valore economico, prenderete possesso nello stesso modo della posizione in cui si trovano per mio conto, quale comandante di questa spedizione».

Credo che non parlerò della ricerca nelle basi, della fisica delle aurore, della cosmologia, dell'indagine sugli strati limite dell'atmosfera, di come l'Antartide abbia un clima tutto speciale che determina anche quello del resto del pianeta. Quello che mi colpiva, nelle basi, erano le persone. Vivere cosí a sud, al Sud assoluto, segnava il carattere, e nell'eccitazione c'era qualche crinatura folle o depressiva, come mi resi conto quando fui invitato nella base sovietica Bellingshausen, intitolata a un capitano russo di origine tedesca, Fabian Gottlieb von Bellingshausen, grande ammiratore di James Cook ed esploratore per conto di Alessandro I. Fu un invito il piú possibile informale: guardavo le quaranta tonnellate di ferraglia arrugginita, vecchi anfibi e cingolati accatastati lí davanti, e dalla baracca corse fuori un ragazzo, un meteorologo che mi tirò dentro. Era molto gentile, era molto ubriaco. Passavamo in rassegna le sinossi dei dati meteorologici e le immagini di dove eravamo, riprese in tempo reale dal satellite. Fin dall'inizio mi aveva chiesto «Sei giapponese? Sei uno zoologo?» e lí per lí avevo risposto di no a entrambe le domande, ma con l'andare del tempo e con la sua insistenza e la situazione che si faceva piuttosto dolorosa dissi di sí, ero zoologo e anche giapponese, mi sembrava giusto essere ciò che lui desiderava.

Banchisa australe, maggio-giugno 1898. Spedizione De Gerlache.

«In maggio Frederick Cook, il medico, dà principio alle sue investigazioni fisiologiche sui membri dello Stato Maggiore e poi sull'equipaggio; osserva la temperatura dei corpi e le pulsazioni, e ciascuno è stato pesato. Intanto il disgelo si faceva cosí brusco che fu necessario sgomberare la coperta. Basti dire che lo strato di ghiaccio e brina che ricopriva gli attrezzi e le manovre, e che aveva raggiunto addirittura i venti centimetri di diametro, si staccava a grossi blocchi, e quando uno di quei blocchi cadeva sopracoperta, produceva un fracasso cosí terribile che ad ogni istante venivamo destati dal sonno di soprassalto, con estremo tormento. Nuovi crepacci si aprirono qua e là, uno proprio sotto la ruota di prua.

La temperatura si manteneva in stretta relazione con la freccia del vento. I venti di sud portano freddo intenso, mentre quelli di nord, cioè del largo, procurano un rialzo fino a zero gradi e qualche volta anche un decimo oltre. Questi venti di nord ci danno, nel mese di maggio, una temperatura media di meno sei gradi e mezzo, cioè cinque gradi e tre piú di quella osservata in aprile. Sempre in maggio raggiungemmo gli estremi punti della nostra deriva verso sud: nel giorno 16 maggio, 71° 35′ di latitudine sud e 89° 10′ di longitudine ovest; e il giorno 30 una latitudine australe di 71° 36′.

Nel frattempo, a poco a poco, la banchisa prima aperta si richiude. Il campo di ghiaccio che circonda la nave si copre sempre piú di 'hummocks', le protuberanze di ghiaccio generate per sfregamento dalle violente pressioni, e verso la metà del mese il sole appare solo per pochi istanti, pallidissimo, a mezzogiorno. Cosí, lenta, scendeva su di noi la notte polare.

A mezzogiorno l'oscurità cominciava ad essere totale. Prima verso le nove e poi verso le dieci, nel solstizio, appariva l'aurora, e la sua luce scolorita aveva un'intensità lievemente variabile; si sarebbe detto che un'aurora cosí pallida non riuscisse a generare il giorno. Per un periodo di quattro ore attorno alle ventiquattro, nella luce diffusa che riempiva l'atmosfera, non si potevano distinguere le innumerevoli asperità della banchisa che ci appariva come una piana ininterrotta e incommensurabile di colore bianco sporco. Nelle escursioni che ci obbligavamo a compiere per le nostre necessità igieniche ci accadeva spesso di inciampare contro gli hummocks che nessuna ombra stava a indicare. Per la stessa ragione non riuscivamo a formarci un'idea esatta della distanza e delle dimensioni di un oggetto. Ricordo che un giorno credetti di scorgere a un centinaio di metri dalla nave una cassa grandissima. Mi torturai il cervello non sapendomi dare ragione del perché quella cassa fosse stata trascinata fino a lí, se non altro per il legname che in quel momento e in quel luogo era un elemento prezioso, da non doversi sciupare cosí. Mosso da profonda curiosità mi diressi verso l'oggetto e le mie racchette da neve lo urtarono subito: la supposta cassa si rivelò un foglio di giornale volato via chissà quando dalla nave.

Sotto il chiarore lunare, l'immensa pianura si srotola verso l'infinito. La Croce del Sud allarga in cielo le sue braccia di luce tenuemente scintillante, e qua e là gli iceberg innalzano le loro strane forme, le cime animate da repentini sfolgorii. In tutto quel biancore la banchisa sembra un'immensa macchia nera. Bloccata dal cordame reso rigido dal gelo e rivestita di brina gelata, la *Belgica* rivela un po' di vita solo per un alito di fumo che sale lieve sopra la coperta, a prua e a poppa; per il resto ha l'aspetto di un vascello fantasma. Lo spettacolo è di una bellezza grandiosa e funerea a un tempo. Il nostro Astro rischiara le rovine di un mondo splendido e defunto.

Improvvisamente Danco presentò alcuni sintomi inquietanti. È vero che lo abbiamo sempre ritenuto fragile di salute e debole di petto malgrado l'alta statura e la gaiezza esuberante; ma speravamo che l'aria viva e fredda delle regioni polari avrebbe avuto un benefico effetto su di lui e forse lo avrebbe guarito. Doveva soccombere a un'altra malattia, dalla quale non potevamo ritenerlo minacciato. Dai primi giorni della notte polare aveva sofferto di disturbi cardiaci, come tutti noi, del resto. Non uscí piú per la passeggiata quotidiana; dopo pochi passi, preso da soffocamento, era obbligato a fermarsi e ritornare a bordo, e quelle crisi si succedevano a intervalli sempre piú brevi. Il povero giovane conservava intatta l'apparenza di una salute eccellente, e continuò le sue osservazioni magnetiche finché lo stato fisico glielo permise; ma a partire dal 20 maggio dovette rinunciare a ogni attività. Nello stesso giorno il dottor Cook venne a cercarmi e mi annunciò l'inevitabile sciagura. Ben presto la gravità dello stato di Danco, che si faceva peggiore ora dopo ora, divenne chiara a tutti noi, ma per un miracoloso fenomeno il ragazzo non percepiva nulla e attribuiva quel male a un disturbo passeggero conservando la gioiosità di sempre e riponendo tutte le sue speranze nel ritorno del sole. Deperiva rapidamente. Il suo respiro divenuto affannoso si udiva nel quadrato, e di minuto in minuto ci avvertiva della sua agonia.

Fin dai primi giorni gli avevamo ceduto il divano del quadrato ufficiali, l'unico luogo della nave che gli fosse adatto, visto che nelle piccole brande delle nostre cabine, strette e dal soffitto basso, non poteva assolutamente respirare. Lí, in mezzo a noi, visse i suoi ultimi giorni, assistendo ai pasti che ci riunivano attorno alla piccola tavola, offrendo pareri sulle partite di whist giocate ogni sera per distrarlo, e divertendosi ai piccoli scherzi che servivano a noi per dissimulare l'angoscia. Il povero ragazzo ha mantenuto sempre viva la speranza della guarigione: continuava a formulare progetti per il giorno in cui la luce del sole gli fosse stata restituita, e cosí rivelava la grandezza della sua anima bella.

Il 5 giugno, appena tre settimane dal giorno in cui il dottor Cook aveva pronunciato il suo responso, il medico venne nuovamente a visitarmi e con la voce rotta dall'emozione disse "Comandante, ci siamo". Quel giorno nessuno di noi rise, nessuna parola fu pronunciata ad alta voce, cercammo di rendere piú lieve il rumore dei passi, nell'attesa; il silenzio a bordo si fece completo. E mentre la nostra Patria lontana viveva la stagione carezzevole dei lunghi giorni luminosi, qui, nella notte gelida e sinistra, sopra questa banchisa antartica che è la desolazione delle desolazioni, qui si svolgeva un dramma tanto semplice quanto profondo: la morte di uno dei membri della nostra minuscola famiglia, isolata e perduta ai confini del mondo. Danco, sfinito, non parlava piú, ogni parola era sofferenza e fatica, però sorrideva ancora, sorrideva di quel suo sorriso dolce a tutti coloro che uno ad uno venivano a chiedergli delle novità.

L'anemia polare non aveva risparmiato nessuno di noi, ci minacciava tutti, marinai e ufficiali. Sapevo che ognuno era audace e impassibile di fronte alla morte, non diversamente dal povero Danco; ma se dovevamo morire chi avrebbe ricondotto in Belgio i frutti dell'opera compiuta? Pensare che il sacrificio delle nostre esistenze fosse inutile mi rese spaventosamente triste.

Il 7 giugno, giorno stabilito per i funerali, era cattivo tempo. La brezza aspra e ghiacciata rese molto faticoso aprire nel ghiaccio il foro in cui il nostro amico doveva sparire per sempre. Come tutto il cordame, anche le scotte delle bandiere irrigidite dal gelo erano ben poco manovrabili, ma desiderando che la nostra Patria fosse rappresentata in qualche modo ai funerali, feci issare il simbolo nazionale a mezza altezza delle grandi sartie. Verso le undici, quando la notte lasciò il posto a quella luce scialba e diffusa che faceva le veci del giorno, quattro uomini si attaccarono alla slitta che trasportava la salma del nostro compagno e la sospinsero fino al luogo di immersione.

Causa del nostro cattivo stato di salute non erano soltanto l'oscurità prolungata, che produceva effetti deplorevoli sulla circolazione, l'isolamento, il freddo, e piú ancora del freddo la costante umidità; era anche l'uso costante ed esclusivo delle conserve alimentari e quest'uso, anzi quest'abuso, aveva determinato in ciascuno di noi un'atonia intestinale estremamente dannosa. Sul finire dell'inverno riuscimmo a catturare qualche pinguino e qualche foca, e la carne fresca riposò il nostro stomaco esausto. I malati, su prescrizione del medico, ne mangiarono con regolarità tutti i giorni tre volte al giorno, vincendo a poco a poco la ripugnanza per quella carne tanto oleosa che occorreva letteralmente calcinarla per toglierle il grasso in eccesso.

La nostra esistenza procedeva monotona e quasi automatica. Ogni giorno, durante le brevi ore del crepuscolo, scendevamo dalla nave percorrendo il perimetro della nostra prigione di ghiaccio con le racchette da neve, ma solo se il tempo lo permetteva, se le tempeste e le tormente di neve ci davano tregua. Meta consueta di queste peregrinazioni era un iceberg, prigioniero come noi, distante dalla nave piú o meno due miglia.

Col ritorno del sole la nostra situazione migliorò di molto, ma ancora lunghi mesi dovettero trascorrere senza che potessimo trovare una via d'uscita. L'esperienza ci aveva insegnato che non dovevamo fidarci né del sole né del disgelo, entrambi fattori insufficienti per aprire la banchisa anche a metà estate. Ci eravamo cacciati nella banchisa mortale con l'occasione di una tempesta che l'aveva dislocata, e ci sarebbe voluta un'altra tempesta simile per uscirne. Però siamo stanchi di aspettare».

Deception Island, Pendulum Cove, 62° 57´ sud e 60° 36´ ovest, terza settimana dell'autunno australe, 1990.

L'isola era un vulcano spento, coperto da nevi perenni, scavato da una profonda baia con quel nome, Pendulum Cove, un nome alla Poe certamente, dovuto invece agli esperimenti dell'ufficiale inglese Henry Foster che nel 1829 osservò qui con il pendolo il magnetismo terrestre e la gravità. Si sdraiò bocconi sulla superficie gelata, guardò lo strumento fatto di specchi e lenti, misurò le oscillazioni del filo a piombo. Si sapeva allora che uno stesso oggetto alle stesse condizioni di temperatura e pressione pesa di piú ai Poli e meno all'Equatore, per l'indebolirsi della forza centrifuga e il convergere verso i Poli delle linee di forza magnetica, cioè la gravità. Misurare 'quanto' tutto questo fosse vero non era facile: il vento interveniva sul pendolo, il freddo obbligava a complicati calcoli per ricondurre la temperatura a quella standard, e lo strumento in sé funzionava benissimo a Potsdam, considerato il luogo di riferimento dei pendoli, la Greenwich delle oscillazioni, ma ben poco si adattava alla natura antartica e alle dita intirizzite di chi doveva maneggiarlo.

Certe volte, mentre attraverso questi paesaggi di ghiaccio e luce, cerco di rappresentarmi il loro tipo di mistero. Non parlo di un generico sentimento di mistero, né dell'attimo di stupore e di terrore che ti prende a ogni cambiamento di scenario. Ho già detto che questo paesaggio non sa che farsene dei deliqui di un osservatore. E alla fine mi sembra che il mistero si componga di tre parti: quello che l'Antartide ha in comune col resto della Terra ma che qui diventa eccezionale; quello che c'è solo qui, nascosto sotto i ghiacci, e i ghiacci stessi, o che accade nel cielo; e quello che originando da qui influenza poi tutto il pianeta. Sono le cose che la scienza ha sempre cercato in questo luogo, la Terra Incognita.

Ricordo la sera in cui arrivai in Antartide, sull'aereo c'era un giovane fisico delle aurore, un coreano, e quando tutti andarono a dormire restammo a parlare e a bere birra nella baracca accanto alla pista d'atterraggio: io, lui e un professore di Boston. Jeong-Woo Kim gli aveva commissionato per la base coreana a Potter Cove un impianto di monitoraggio degli strati limite dell'atmosfera, il professore l'aveva progettato, costruito in America, smontato in casse e spedito qui, e adesso si trattava di rimontarlo. Aveva una settimana di tempo, non di piú. Kim era nervoso per via di una cassa mancante poi ritrovata nell'hangar, impilata tra scatole di verdure conservate, e perché il bollettino meteorologico non gli avrebbe permesso di attraversare la Maxwell Bay né via mare né con l'elicottero. Il professore di Boston aveva l'aria non dico mercenaria ma rassegnata di chi le ha viste tutte.

Fuori nevicava, parlammo della ionosfera e dei campi magnetici, e di quel fenomeno straordinario che sono le aurore australi, gigantesche vampe guizzanti che colano luce colorata nel cielo buio. Mi raccontarono come a produrle fosse il vento solare carico di particelle subatomiche, emanato nello spazio dalla corona del Sole e catturato al Polo dal campo magnetico terrestre. Le particelle eccitavano i gas della ionosfera e deformavano il campo magnetico, aprendovi una cavità mobile che insieme alla rotazione della Terra produceva il guizzare e l'evolvere delle aurore. I colori e l'intensità, che io avrei giudicato come 'piú o meno bello', dipendevano dal tipo di atomi e molecole eccitati, viola per l'azoto e rosso fino al verde per l'ossigeno, e dall'energia delle particelle in arrivo dal Sole. Cosí i colori, disse il professore americano, potevano essere analizzati e interpretati come informazioni su quanto avviene nell'alta atmosfera e sulla natura dei venti solari.

La ionosfera non produce soltanto aurore australi, emette onde elettromagnetiche e in particolare radioonde, e soprattutto riflette a terra le onde radio che produciamo noi, assicurando la nostra valanga di comunicazioni. Kim disse che proprio in Antartide avevano scoperto da poco che le trasmissioni in bassa frequenza di tutto il mondo e gli elettrodotti che percorrono il globo perturbano le condizioni elettromagnetiche naturali delle fasce di Van Allen, inondandole di elettroni 'artificiali'. E tale 'usura' dell'atmosfera a opera della radio, sebbene la piú particolare e sofisticata, non è certo la piú allarmante.

Il 'buco dell'ozono' non era un buco, perché l'ozono in realtà non formava uno strato. Quando parlai di 'buco' a un fisico della base sovietica, mi accompagnò alla finestra del laboratorio, cercò uno squarcio tra le nubi e disse: «Eccolo lí. Ci pensa? Proprio sopra la mia baracca!» L'ozono, prodotto dalla radiazione ultravioletta che dissocia le molecole d'ossigeno, è diffuso in quantità infinitesimale in tutta l'atmosfera. Se venisse compresso in uno strato formerebbe una pellicola di appena tre millimetri. Però si concentra maggiormente nella stratosfera, tra i trenta e i quaranta chilometri da terra, ed è in questo senso generale che si può pensarlo come 'strato'. Nella stratosfera, durante l'inverno australe, la circolazione circumpolare crea un vortice stabile attorno al Polo, che convoglia tutti i gas, anche l'ozono. Alla rottura primaverile del vortice, quando vengono effettuate le misurazioni, l'ozono risulta ogni anno in quantità inferiore. E la diminuzione è grave, non soltanto perché l'ozono interrompe la radiazione ultravioletta proteggendoci dai suoi effetti, ma anche perché il processo da cui si genera sviluppa un calore stabilizzante per l'intero clima planetario.

L'Italia ha tuttora una base 'stagionale' a Terra Nova Bay, che apre in novembre e chiude in febbraio. È stata costruita nel 1984 e intitolata a Mario Zucchelli, per sedici anni alla guida del Programma Antartide. Ci sono laboratori, magazzini, alloggi e servizi, impianti, e alcune unità satelliti per un'area di circa cinquanta chilometri quadrati. Se confronto i rapporti scientifici delle ultime missioni italiane con quelli di Shackleton e Mawson che potei vedere allo Scott Institute di Cambridge, la cosa piú sorprendente è la continuità: le prime spedizioni moderne, all'inizio del ventesimo secolo, sapevano già che le aurore australi erano un fenomeno elettromagnetico. Shackleton tornando dall'Antartide scoprí, confrontando le date, che nelle stesse notti in cui loro quaggiú avevano visto le aurore le linee telegrafiche australiane erano state fortemente disturbate. Scott e i suoi, quando ormai avevano la certezza di morire, non rinunciarono a trascinarsi dietro venti chili di campioni geologici sperando che venissero ritrovati insieme ai loro corpi. Le ricerche scientifiche erano già suddivise nelle discipline attuali: glaciologia e geologia, oceanografia e biologia marina, fisica e ottica magnetica. I loro resoconti iniziavano, come quelli di oggi, con la descrizione degli strumenti d'indagine, allora magnetografi, ipsometri, registratori di aurore, termometri per le radiazioni solari, e oggi fotometri solari, gravimetri, rilevatori laser, radiosonde, e naturalmente un'elaborazione dei dati tutta computerizzata. E proseguivano con il racconto di come fosse stato difficile mettere in opera quegli strumenti, tararli e farli funzionare in questo luogo del tutto inospitale. Immagino già, data l'accelerazione folle in cui viviamo, quale considerazione gli scienziati avranno tra un paio d'anni degli strumenti di cui in questi giorni mi si illustrano le meraviglie.

Girando da una base all'altra, vedendo ogni volta sugli stessi monitor le stesse immagini dei satelliti polari, gli stessi valori riportati quotidianamente nelle sinossi, ebbi l'impressione di un lavoro routinario, di una vigilanza sfibrante, spesso in posti e condizioni di puro isolamento; però riuscii a farmi poco alla volta un'immagine mentale delle relazioni invisibili tra gli effetti e le cause, del carattere globale di ciò che chiamiamo natura, e dei nostri comportamenti. Capii com'era possibile davvero che un insetticida spruzzato innocentemente da una signora di Forlí stecchisse sul momento una zanzara locale e poi col tempo e per i movimenti dell'aria e degli oceani arrivasse fin quaggiú, venisse metabolizzato nei liquidi e nelle proteine da un pinguino, e un biologo tedesco dissezionando l'animale durante la notte polare lo ritrovasse lí, elaborato nei suoi grassi.

Aria ed acqua trasportano ogni cosa, e poiché l'Antartide non produce in proprio gli elementi che inquinano l'atmosfera del pianeta, ogni cosa può essere misurata qui meglio che altrove. È un grande osservatorio, una cartina di tornasole delle immondizie messe in circolo nel globo. C'è però un elemento che l'Antartide esporta, ed è il freddo indispensabile per il grande processo termodinamico globale. Il come, dissero i meteorologi delle basi, non è ancora del tutto chiaro perché si tratta di sistemi climatici complessi e delicati, ma certo questo è il grande pozzo freddo della Terra. Eppure riceve piú raggi solari, piú radiazione incidente di qualsiasi altro luogo al mondo, piú dell'Equatore, piú del Sahara; solo che non trattiene nulla, è un continente troppo alto e perciò troppo mancante della parte bassa della troposfera, che normalmente assorbe il calore, è troppo limpido e anche questa limpidezza non gli giova, ostacolando la diffusione e il riverbero dei raggi. È un grande e sconsolato specchio di milioni di chilometri quadrati, e il suo potere riflettente, l'albedo, costituisce la maggior parte dell'albedo della Terra. Cosí il ghiaccio respinge la luce che qui è massima, e si condanna al ghiaccio per sempre.

Di tutto questo ghiaccio e di cosa ci fosse sotto mi parlò a lungo Xie Zichu, lo scienziato cinese; mi disse come, al pari della geologia, anche la storia si potesse ricostruire, strato dopo strato, e capire cosa accadde all'epoca dell'ultima glaciazione; e di come si pensasse per il successivo decennio di perforare la calotta con una trivella termica in modo da arrivare piú in là di ogni precedente escavazione, a quattromila metri di profondità nei ghiacci, cinquecentomila anni indietro nel tempo. Mi descrisse com'era la forma invisibile di questa terra nascosta sotto le dune, i duomi, i sastrugi, i crepacci, ormai se ne sapeva parecchio, mappe e prospezioni venivano tracciate impiegando radioeco, c'erano perfino delle immagini: un continente grande come l'America, un po' montuoso, con valli e collinette e un arcipelago di isole non piú cristallizzate in un blocco compatto. Anche gli iceberg che si distaccano ogni anno dall'Antartide venivano studiati. Attraverso i satelliti e i movimenti delle correnti erano ormai conosciute le rotte di deriva, i tempi e le modalità di scioglimento, e come la parte emersa fosse nulla in confronto a quella sotto il filo dell'acqua. Poiché gli iceberg contenevano acqua dolce bastante per cinque miliardi di persone, disse Xie Zichu, qualcuno aveva pensato di venderli all'Africa o ad altri Paesi piagati dalla siccità. Studi severi avevano indicato come rimorchiarli e proteggerli dalle correnti calde fino a destinazione, anche il problema giuridico di chi potesse dirsi proprietario degli iceberg era stato risolto, considerandoli al pari delle navi e applicando ad essi il criterio di proprietà del diritto marittimo. Infine si fecero i conti: rimorchiare un iceberg tabulare di dieci chilometri per tre dall'Antartide all'Australia costava allora nove milioni di dollari, ma poi vendendo il ghiaccio in scaglie o l'acqua dolce bottiglia per bottiglia, di dollari ne sarebbero rientrati non meno di un miliardo.

Banchisa australe, gennaio-marzo 1899. Spedizione De Gerlache.

«Nei primi giorni di gennaio non possiamo piú tollerare la nostra inattività e su proposta del dottor Cook decidiamo di impiegare degli esplosivi e delle seghe speciali che possediamo per aprire una trincea nel floe, che lo indebolirà e forse ne determinerà la rottura.

Il 7 gennaio si verifica uno spostamento. La vicina laguna si allarga verso nord-est e gli intensi vapori di cui è carico l'orizzonte ci indicano l'esistenza di altre lagune lontane. Seguendo l'asse della nave iniziamo un taglio sulla ruota di prua verso il canale che si prolunga oltre la laguna. Le gerarchie vengono abolite: dal comandante all'ultimo marinaio, l'intero personale, diviso in due squadre, maneggia notte e giorno il piccone e la sega.

L'8 e il 9 gennaio proseguiamo il lavoro. Per tutta la lunghezza del nostro tracciato abbiamo sbarazzato il ghiaccio dello strato di neve che lo ricopre. In seguito procedemmo ad aggredire la neve, dai venti ai venticinque centimetri di spessore, e infine arrivammo allo strato acquoso, spesso ugualmente una ventina di centimetri. In questo modo, dirigendoci dalla ruota di prua fino al canale d'acqua libera situato a nord-est, abbiamo aperto un canaletto che ci proponiamo di allargare ulteriormente facendo saltare con gli esplosivi i vicini blocchi di ghiaccio. Proviamo con sedici chilogrammi di dinamite, li immergiamo sotto la crosta del ghiaccio attraverso un foro aperto in precedenza grazie a una piccola carica; ma l'esplosione produce solo un insignificante allargamento del foro.

Il giorno dopo, giunti all'estremità del taglio, iniziamo un secondo taglio che formerà con il primo un angolo acuto. Cosí speriamo di ottenere un canale di dimensioni apprezzabili poiché la forma angolare faciliterà la fuoriuscita del ghiaccio che dovrà essere segato secondo tracciati laterali e trasversali. Nello stesso giorno iniziammo a segare la banchisa seguendo il primo taglio, partendo dal lato dell'acqua libera. In quel punto il ghiaccio presenta solo uno spessore di cinquanta centimetri o poco piú, e possiamo segarne comodamente quindici metri l'ora. Ma dopo un taglio di centocinquanta metri ci troviamo di fronte a uno strato piú compatto e il lavoro è reso piú difficile.

Il giorno 11 gennaio facciamo esplodere una nuova torpedine che questa volta produce un foro di circa dieci metri di diametro, il quale però rimane ingombro di detriti di ghiaccio ridotti in poltiglia. È un risultato insufficiente; d'altra parte è impossibile intaccare il ghiaccio con la sola sega, soprattutto quello prossimo alla nave che misura almeno cinque metri di spessore. In questa direzione il lavoro va abbandonato. Allora propongo di aprire un altro canale alle spalle della *Belgica*, che si diriga verso la laguna, seguendo per quanto possibile la linea di un canale che si era aperto naturalmente il 13 maggio scorso e poi si era richiuso per congelamento. Occorre fare macchina indietro e prepararsi a contrastare l'eventuale urto dei ghiacci sia con l'elica sia con il timone.

Dal 12 gennaio procediamo alla livellazione del floe. Poi scaviamo con il piccone dei solchi larghi circa un piede, iniziando dalla laguna per necessità. Il giorno 13 vediamo un uccello delle tempeste, il primo incontrato nel pack; forse la sua presenza indica che il mare libero è vicino, forse porta nel becco il ramo d'ulivo che annuncia la nostra liberazione. Siamo prigionieri da dieci mesi, come lo fu Noè nell'Arca.

Il 15 apriamo dei solchi trasversali secondo la disposizione migliore. Grazie ad alcune cariche di dinamite di tre o cinque chilogrammi, stacchiamo i primi settanta o ottanta metri di ghiaccio, che in seguito riversiamo nella laguna con l'aiuto di remi e pertiche.

La mattina del 16 gennaio seghiamo ancora quarantacinque metri sulla sinistra e trenta sulla dritta, e piú o meno altrettanto nel pomeriggio. Poi ricorriamo di nuovo alla dinamite; ma solo per staccare il primo blocco dobbiamo impiegare sei cariche di esplosivo per un totale di venti chilogrammi. Queste esplosioni ripetute producono un'enorme poltiglia che il vento impedisce di allontanare dal canale e che, sotto l'azione del freddo, si ricompone rapidamente in una massa compatta per la quale dovremo usare di nuovo le seghe.

Il giorno 17 tutto il ghiaccio ridotto in frantumi dalla dinamite si è rassodato; dobbiamo riconoscere che il sistema di dividere il ghiaccio in placche triangolari è difettoso. Il 18 e il 19 fa assai freddo e lo strato acquoso dei solchi gela rapidamente. Sotto un cielo grigio e velato di nebbia la neve cade a fiocchi. Wiencke, un uomo del nostro equipaggio che già da qualche settimana dà segni di aver perduto la ragione, è uscito con le racchette per una passeggiata e la sua assenza si è prolungata fino al punto di destare in tutti noi le piú vive inquietudini. L'infelice torna a bordo sulle due del mattino, calmo e tranquillo, senza lontanamente sospettare l'angoscia che ci ha procurato.

Il 22 gennaio, alle quattro antimeridiane, il canale misura quasi quattrocento metri di lunghezza. Ci restano ancora duecentocinquanta metri da segare per toccare la *Belgica*. Siamo obbligati a tendere un cavo all'ingresso del canale per impedire che il ghiaccio galleggiante torni ad ostruirlo.

Il giorno 26 il lavoro già penoso si fa aspro. Non siamo piú sul canale che si era aperto lo scorso maggio, ma sul piú antico dei ghiacci, di conseguenza il piú spesso. Ciononostante il 27 gennaio giungemmo alle spalle della nave. Il giorno dopo, il nostro povero pazzo che sembra aver esaurito ogni energia lascia il lavoro durante il mattino e si mette a letto, dichiarando però di non essere stanco e neppure malato; il suo stato mentale va aggravandosi giorno dopo giorno. Il lavoro estenuante delle ultime tre settimane sembra inutile, e quasi pericoloso. Con una disperazione che ciascuno di noi tenta di dissimulare all'altro, ventiliamo la possibilità di un secondo anno di prigionia.

È vero che abbiamo provviste sufficienti per sopravvivere a razione altri tredici o quattordici mesi; ma la nostra nave resisterà a una nuova e prolungata sofferenza? e noi stessi, non siamo già abbastanza provati? Il medico, con diagnosi sicura, ha dichiarato che solo l'uscita dai ghiacci potrà salvare quattro di noi destinati a soccombere. Nondimeno è necessario prevedere con animo pronto le peggiori eventualità, e tentare di trarre il meglio da una situazione che appare disperata. Passo in rassegna tutti i viveri che rimangono a bordo e traccio dei razionamenti che ci permetteranno di resistere fino alla metà dell'aprile 1900, senza contare l'aiuto certo della caccia e della pesca. Ma la razione settimanale di burro e zucchero è ridotta da cinquecento a centocinquanta grammi per persona, e quella del pane a una pagnotta di cento grammi e un biscotto di sessantacinque grammi a persona e al giorno. Questa misura vale per lo Stato Maggiore e per gli uomini dell'equipaggio: ci sentiamo fratelli, lottiamo insieme per la salvezza comune.

Durante il mese di gennaio i venti soffiarono, soprattutto da est-nord-est. Cosí, in capo alla fine del mese, ci troviamo a settantacinque miglia a ovest-sud-ovest rispetto al punto occupato il 3 dicembre. La temperatura cresce di qualche grado sopra lo zero. Il minimo termometrico del mese fu rilevato il 2 gennaio alle ore due antimeridiane, meno otto e uno, con una media mensile di meno uno e due.

Il 1° febbraio il ponte della nave è coperto di neve e

dal nido di corvo la banchisa appare disperatamente chiusa. Il freddo è acuto, e si direbbe che siamo rientrati nell'inverno. Il canale aperto a prezzo di tanti sforzi a poco a poco si è nuovamente ricoperto di ghiaccio e anche il crepaccio si è gelato. Ormai non sembra piú possibile evitare un secondo sverno.

Quando il tempo è chiaro, l'azzurro del cielo è piú cupo a nord. Soprattutto verso sera una grande striscia scura che si accentua ogni giorno di piú si disegna sull'orizzonte dalla parte del largo. Ci perdiamo in congetture sulle cause di questo fenomeno: non potrebbe essere un semplice water sky? Molti animali vengono a visitare la nostra località, e ogni giorno uccidiamo foche e pinguini; talvolta una procellaria viene a posarsi sulle attrezzature della nave e stormi di trenta o quaranta albatros riposano sulla banchisa. A bordo, i lavori procedono alacremente in previsione di un forzato abbandono della nave.

Il 4 febbraio la *Belgica* comincia a tentennare, e gli urti che riceve a tribordo sono regolari e come cadenzati. Constatiamo che il ghiaccio si è alquanto smembrato e che un leggero e quasi impercettibile movimento di marea ne anima i frammenti. Ad ogni nuovo urto l'ossatura della nave geme e stride, e i bagli sbandano lasciando un vuoto rispetto alle bordate del ponte. Durante la notte le pressioni si rendono piú sensibili e l'attrito del ghiaccio contro le murate produce un rumore sordo che ci impedisce di dormire. Il giorno dopo il moto maroso cessa; malgrado l'enorme smembramento, la banchisa rimane pressoché compatta e lo strato di neve e di ghiaccio che ricopre il nostro canale è ora abbastanza spesso da consentirci di camminarvi sopra.

Il giorno 11 febbraio si verifica una grande dislocazione nella banchisa, che il giorno precedente era tanto serrata. Il moto maroso si manifesta di nuovo, e il nostro floe produce inaspettati scricchiolii. Dal barile di vedetta si scorgono lunghi canali orientati a nord-nord-est e verso le sette e mezzo di sera la marea si accentua sensibilmente; il canale si apre del tutto, e cosí pure il crepaccio di prua. Faccio immediatamente attivare i fuochi, in modo da trovarci presto alla massima pressione in caso di necessità.

Alle tre del mattino del giorno 12 l'apertura che appena serpeggiava si è allargata sensibilmente. Per un momento crediamo di poter fare macchina indietro, ma ci accorgiamo che il ghiaccio del pack si sta richiudendo di nuovo. Con la dinamite facciamo saltare gli ultimi blocchi aderenti alla poppa ma il canale continua a richiudersi e il ghiaccio in frammenti a rassodarsi. Mentre seghiamo il nuovo ghiaccio e lo leviamo di lí, il tempo peggiora.

Il 13 febbraio seghiamo nel gomito i lastroni piú vicini, che spinti al di fuori prepareranno sul luogo un piccolo porto in cui la nostra nave potrà girare al vento la prua. Il giorno dopo, verso le otto pomeridiane, approfittiamo di una rottura per fare decisamente macchina indietro fino al di là del porto di riparo. Allora, facendo saltare con la dinamite i lastroni tagliati, entriamo nel piccolo porto; ma mentre cerchiamo di voltare la nave con l'aiuto di grosse gomene fissate sul ghiaccio con ancore speciali, il pack si rassoda e continua a rassodarsi, proprio quando la *Belgica* presenta la chiglia nel senso delle pressioni. Corriamo il rischio di mandare in frantumi il nostro timone, e di danneggiare l'elica in modo irreparabile.

Alle due del mattino successivo, il 15 febbraio, si produce una nuova rottura. Il canale si allarga ulteriormente, e questa volta diamo la prua al vento senza alcuna fatica. Attraverso il nostro canale guadagniamo a tutto vapore la laguna, e poi un'altra laguna piú vasta, circa un miglio a sud della nostra stazione di sverno. Però non è ancora la nostra salvezza. Questa laguna, nella quale ora sta entrando la *Belgica*, non presenta alcuna via di scampo. Siamo obbligati a rimanere in panne fino a quando non si aprirà verso nord un passaggio qualsiasi. Per fortuna possiamo rimetterci in moto alle nove antimeridiane. Dal nido di corvo si vedono moltissime lagune, ma il passaggio dall'una all'altra non sembra facile. Angoli acuti che urtiamo con violenza riuniscono le lagune, le concatenano, e per separarle occorre aggredire i ghiacci a tutto vapore, usando lo sprone della nave come un cuneo.

La perseveranza dei nostri sforzi ci ha condotto, il 16 febbraio, alle otto pomeridiane, in una laguna minuscola. Oltre i suoi confini la banchisa si presenta compatta. A una quindicina di miglia verso sud-est scorgiamo il grande iceberg tabulare che è stato per lungo tempo il nostro vicino di prigionia.

Verso il 20 scorgiamo dal nido di corvo una lunga striscia nera costeggiante il pack al di qua dell'orizzonte verso nord. È il mare libero, è il mare promesso! Gli iceberg che ci attorniano sembrano spostarsi verso est ma in realtà siamo noi che continuiamo la deriva, piú veloci di quelli. Il movimento dei ghiacci ci dondola. Sui lastroni circostanti pullulano i pinguini. È questa la stagione in cui si riuniscono per la muta delle piume: arrivano uno ad uno, si raggruppano dietro gli hummocks per proteggersi dai venti, si disinteressano di tutto ciò che li circonda, compresi noi, e si abbandonano alla malinconia che li invade per la caduta delle loro penne.

Quasi un mese dopo, il 14 marzo, la nostra situazione densa di pericoli e dolorose alternative giunge al termine. Usciamo dal pack a trecentotrentacinque miglia nord, 85° ovest rispetto alla posizione osservata il 2 marzo dell'anno precedente. Dal 31 gennaio abbiamo coperto piú di duecentosessanta miglia verso ovest, e quanto al percorso totale della deriva è di circa millesettecento miglia. Se invece di derivare a zig-zag fossimo rimasti costantemente in direzione ovest avremmo percorso, a questa latitudine, quasi novanta gradi e saremmo arrivati a trecento miglia dal Capo Adare.

Era giunto il momento di dare alcuni nomi a questi luoghi. Il primo pensiero fu di onorare la memoria dei nostri due infelici compagni: la grande terra prima denominata Stretto della Belgica d'ora in poi si chiamerà Terra di Danco, e la piú grande delle isole che sorgono nello stretto si chiamerà Isola di Wiencke.

Due vie mi si offrono per toccare Punta Arenas. Quella dello stretto di Magellano per Capo Pillar e quella del canale di Cockburn. Sebbene l'esistenza di un faro sulle Evangelistas renda piú facile l'abbordaggio a Capo Pillar, mi fido poco di prendere questa via poiché ci espone all'incontro con un'altra nave in viaggio per l'Europa che potrebbe annunciare prima di noi, telegraficamente grazie al dottor Marconi, il nostro ingresso nel mondo dei 'viventi'. Penso ai congiunti del povero Wiencke, poiché Danco non ha lasciato parenti, e alla falsa gioia che proverebbero sapendo della nostra salvezza senza il complemento fatale della fine del loro figlio. Quindi mi decido per il canale di Cockburn, assai poco frequentato. Facciamo rotta verso est-nord-est, pronti ad avvistare l'Isola Nera che potrà offrirci riparo per la notte.

A poco a poco gli uccelli antartici ci hanno lasciato; ci inseguono solo gli albatros e i piccioni del Capo. La brezza, dopo aver soffiato regolarmente da sud-est, ha voltato prima verso ovest-sud-ovest e poi, lentamente, verso nord. Anche la temperatura si è alzata, e il 24 marzo a mezzogiorno annotiamo piú cinque gradi e sette. Era parecchio tempo che non sentivamo un caldo simile».

Maxwell Bay, 62° 13′ sud e 58° 54′ ovest, ultima settimana dell'autunno australe, 1990.

Venne il giorno in cui il viaggio era finito, tornai a King George Island, da dove ero entrato in Antartide e da dove ne sarei uscito. Cominciai ad aspettare un aereo militare dal Sudamerica. Ogni mattina salutavo con cerimonie le persone cui ero affezionato, e siccome questi addii ripetuti perdevano d'intensità e acquistavano in comicità, scesi alla Maxwell Bay per un congedo serio dal paesaggio e dalle storie.

Nella baia il rompighiaccio sovietico *Akademik Fëdorov* sbarcava l'ultimo rifornimento prima dell'inverno australe. Di lí a poco il mare si sarebbe ghiacciato, cominciando con piccole placche rotonde dai bordi rilevati non piú grandi di focacce, destinate a saldarsi tra di loro con un crepitio di cristalli infranti. Rapidamente tutto sarebbe stato cosí solido e compatto da poterci camminare sopra, come sulla tettoia di vetro di una stazione ferroviaria. Ho detto che cercavo un momento di concentrazione, ma ero distratto dai mezzi pesanti che dopo i viveri scendevano dall'*Akademik Fëdorov*. Guardavo un cingolato anfibio nuovo di zecca, uguale alle centinaia che arrugginivano nella base russa Bellingshausen, attraversare l'acqua su un pontone, e quando il pontone giunse a riva risultò troppo alto perché l'anfibio potesse scivolare a terra. Il pontone arretrò in mare, l'autista si mise alla guida dell'anfibio e chiuse la botola sul tetto; prese la rincorsa, si lanciò verso l'acqua a tutto gas, s'inabissò. Per il ben noto principio fisico riemerse subito come una palla, solo che il motore s'era spento. Mentre andava alla deriva contro gli iceberg si spalancò la botola sul tetto e l'autista si sbracciò gridando. Dalla riva i russi accanto a me si sbracciarono e gridarono a loro volta, finché ammararono un altro anfibio, raggiunsero quello guasto ormai al largo, e mestamente lo rimorchiarono. Al rientro ci fu una furibonda discussione su chi era pazzo e chi poco portato per la meccanica, cosí almeno sembrò dai gesti, poi tutto ritornò tranquillo, e dopo ancora il rompighiaccio suonò la sirena e scomparve all'orizzonte.

Paesaggio e uomini si predisponevano alla notte polare. Della loro solitudine avevo avuto un anticipo le sere in cui dentro le basi si radunavano davanti al televisore che naturalmente non riceveva alcun segnale, mettevano nel videoregistratore la cassetta di una partita di calcio vista e rivista, ne annunciavano a memoria i passaggi e le battute come fosse un classico del cinema. La solitudine l'avevo provata anch'io, anzi me l'ero cercata spostandomi a piedi quanto piú potevo, bussando alle porte delle basi come un vagabondo. Non senza momenti di terrore, quando credevo di essermi perso, o quando venivo attaccato dagli skua perché stupidamente avevo invaso un loro territorio, peraltro non segnalato da alcunché, nemmeno dagli uccelli che erano appena quattro o cinque: dopo un breve conciliabolo si alzavano in volo e io cominciavo subito a scappare scivolando sul ghiaccio, mi toglievo il cappello e col cappello menavo colpi in aria e gridavo parolacce in italiano, gli uccelli restavano stupiti ma non mollavano, piombavano giú gracchiando con le loro alacce marroni e i becchi dritti da albatros e mi mettevano alla porta, che non c'era, dato che si trattava sempre di distese e rilievi di bianco sul bianco, e tuttavia a un certo punto, il punto che loro immaginavano come confine, atterravano, si accovacciavano e mi guardavano torvi senza piú attaccare, ma vigilanti.

Ho provato piú volte a descrivere lo spazio, compreso

il cielo con il suo cinema celeste dove si producevano forme a colori o si riflettevano quelle sottostanti, e cosí si poteva indovinare una terra lontana attraverso l'iceblink, il biancore dei ghiacci riflesso, ma lo spazio era ancora niente in confronto al tempo, i meridiani si avvicinavano via via che si scendeva, e a cinquecento chilometri dal Polo finivano per convenzione. Lí la distanza tra un meridiano e l'altro era di una cinquantina di chilometri, ogni settantacinque cadeva un fuso orario, volando lungo quella circonferenza si poteva rimettere ogni dieci minuti l'orologio, un'ora avanti o un'ora indietro, come vuoi, tanto è quasi sempre giorno e quasi sempre notte, e passare e ripassare il 'date line', illudersi di precedere il mondo di un paio di giorni nel calendario e aspettarlo poi da qualche parte.

Nonostante i prodigi ebbi l'impressione di un senso d'esilio: non delle persone, che è ovvio, ma dell'Antartide in sé, si sentiva che tutto questo una volta era altrove, allacciato ad altre terre e ad altri climi, c'era una condanna e un sospiro che solo quegli incoscienti surreali dei pinguini custodivano come angeli, e mi chiedevo in che modo Dante avesse capito che il Purgatorio era quaggiú, dove lo collocò, esattamente sotto il cielo australe.

Ho pensato spesso a Scott e a Shackleton, a Wilson e a Mawson, a David o Bowers o altri perché furono una 'banda antartica' e presero parte nei primi vent'anni del secolo scorso a quasi tutte le spedizioni, sempre loro, sempre gli stessi, una volta partivano con uno una volta con un altro, e il miglior marinaio antartico, Frank Wild, partí quasi con tutti, nel 1902 con Scott sul *Discovery*, nel 1907 con Shackleton sul *Nimrod*, nel 1911 con Mawson sull'*Aurora*, nel 1914 con Shackleton sull'*Endurance*, nel 1922 ancora con lui sul *Quest* e quando Shackleton morí durante il viaggio prese lui il comando, riportò la nave in Inghilterra e poi se ne andò in Africa dove tra una spedizione e l'altra aveva aperto una fabbrica di cotone.

Ciascuno col proprio carattere, come in una singolare

commedia geografica delle maschere, furono tutti Signori della Primavolta, vedevano cose mai viste prima da occhio umano, e si trattava di dare a queste un nome, di raccontarle, di elaborarne un sentimento. Durante le lunghe marce parlavano solo di cibo, nelle soste immaginavano pranzi luculliani, nel sonno sognavano cibo ma senza sognare di mangiarlo perché anche l'inconscio ha le sue protezioni e cerca di non soffrire delusioni laceranti. Leggevano anche, Shackleton bloccato in una tempesta di neve sull'altipiano antartico, mentre il suo corpo dava una temperatura di trentaquattro gradi, apprezzò nuovamente *Molto rumore per nulla* di Shakespeare, e forse la loro chiave fu un'assoluta indifferenza verso se stessi. E naturalmente scrivevano.

Il 29 marzo 1912 Robert Falcon Scott scrisse parecchio, in effetti non gli restava altro da fare. Al Polo Sud avevano trovato la bandiera di Amundsen, il ritorno era stato un massacro, adesso a 79° 56′ sud e a quarantadue gradi sotto zero, a undici miglia da un enorme deposito di viveri e al settimo giorno di tormenta che impediva il minimo passo in avanti, se ne stava nella piccola tenda a scrivere. Accanto a lui Edward Wilson, naturalista e pittore, 'il Giusto' come tutti lo chiamavano, era già morto; anche Birdie Bowers, alla sua sinistra, era morto. Scott scrisse una lettera alla moglie di Wilson per ricordarle quale onore fosse stato per lui averlo come amico; scrisse ai genitori di Bowers scusandosi di aver provocato il loro dolore; scrisse a due viceammiragli raccomandando loro i suoi cari, scrisse agli sponsor privati della spedizione dolendosi che il risultato non avesse compensato gli investimenti, scrisse un messaggio al pubblico spiegando perché fosse finita a quel modo, scrisse a sua moglie e a suo figlio, prese il diario e lo terminò annotando: «È un peccato ma credo che non potrò scrivere piú». Poi chiuse i sacchi a pelo di Wilson e di Bowers come li avrebbero chiusi loro stessi se fossero stati ancora vivi, aprí invece il suo per accelerare la fine, cinse col braccio il sacco di Wilson, aspettò.

Ogni continente ha la sua letteratura, intendo dire i capisaldi in cui vengono fissati il mito e la memoria originando il racconto, e l'Antartide non è un caso diverso dagli altri. In questo momento non penso al *Gordon Pym* di Poe, ricalcato sulle relazioni del capitano James Weddell, e al bellissimo seguito che ne immaginò Jules Verne nella *Sfinge dei ghiacci*. Mi riferisco invece ai libri di Shackleton, di Scott, di Mawson, di Bove, De Gerlache e di altri, che nacquero qui. Sono una letteratura, ma non si tratta di 'libri di viaggio'; per l'affresco storico, la forza della passione, la densità del mistero e un ethos sulla soglia dell'incognito e per gli apparati scientifici sono gli ultimi e veri grandi racconti d'avventura, il genere che Stevenson, nella sua classificazione del romanzo, definiva il piú sensuale, dove gli autori furono anche personaggi e parti in commedia.

La sera, nelle baracche delle basi, mi è capitato di sentirne parlare dagli scienziati non diversamente da come alle nostre latitudini parliamo di Emma Bovary o di Charlus. Scott era Scott, implacabile 'Royal Navy' fino alla fine, Shackleton era il piú amato, aveva fallito quasi tutti gli obbiettivi, ma le sue peripezie avevano prodotto la piú generosa e leggendaria esperienza antartica. E Amundsen? Rispettato, non molto di piú. Fu un professionista nell'epoca di grandi amatori, venne in Antartide quando Scott aveva già iniziato la marcia verso il Polo, scelse una via migliore, arrivò primo. Piantò la sua bandiera e se ne andò. Un lavoro ben fatto, dicevano qui, ma quella spedizione fu la piú povera di bagaglio scientifico e di risonanza umana.

A me tornava in mente anche Giovanni Duse, un italiano dimenticato da tutte le storie, venuto qui nel 1901 con la spedizione Nordenskjöld. Era un tenente cartografo, e infatti le uniche tracce le avevo trovate all'Istituto geografico militare di Firenze oltre che allo Scott Institute di Cambridge. Duse aveva scritto a Nordenskjöld chiedendo di partecipare e Nordenskjöld l'aveva arruolato. Arrivati qui sulla penisola antartica si erano divisi in tre gruppi, la nave era stata stritolata dai ghiacci, si erano persi, ciascuno era sopravvissuto all'inverno polare come poteva. Si ritrovarono dopo un anno sulla banchisa. Duse aveva il volto cosí bruciato e la barba e i capelli cosí aggrovigliati che Nordenskjöld non volle credere che fosse lui e lo considerò un indigeno fuegino, naufragato chissà come fino a qui.

Durante le conversazioni serali nelle baracche degli scienziati, rese un po' liquide dall'alcol, tutto questo, le storie, era intercalato da questioni sul moltiplicarsi delle basi, su quelle vere e quelle finte, distinzione possibile attraverso la qualità del lavoro scientifico, sull'inquinamento, sulle rivendicazioni territoriali, sullo sfruttamento minerario, sul Trattato Antartico che negli ultimi trent'anni aveva regolato la materia e la vita qui, giudicato da tutti i Paesi un fantastico trattato, tutti pronti però a prendere d'assalto il continente nel caso di una sua revisione. Poi di colpo ritornavano a parlare delle 'ombre di terra', quel curioso fenomeno per cui il sole, illuminando dal basso le montagne, ne proietta l'ombra sulle nubi come un cono rovesciato, e quali ragionamenti facessero gli esploratori per darne una spiegazione, e come usavano foglie di senna tra le calzature e il fondo delle scarpe per ridurre i rischi di congelamento.

Anche il mio congedo ebbe termine, col rumore del grosso aereo militare che sbucava tra le montagne di ghiaccio e scivolava basso sulla riva, perdendo quota e velocità in una virata ampia, imboccando la pista. Passai da Detlev e Joachim, i due biologi tedeschi, per un bicchiere d'addio. «Tornerai a Sud?», chiesero. Anche l'anziano cinese Xie Zichu disse «Lei tornerà a Sud» davanti alla bocca spalancata dell'aereo che aveva già ingoiato casse di campioni raccolti dagli scienziati e alcuni scienziati stessi, e che avrebbe inghiottito anche me. Anzi, mi aveva già inghiottito, e con i motori al massimo cercava di strapparsi dalla pista corta e leggermente in salita mentre sul bordo bianco oltre la linea degli oblò passavano rapidissimi i ghiacci e i rilievi, alcune persone a cui mi ero affezionato, e un pinguino solitario, traballante o danzante, chi lo sa.

Nota.

Molte spedizioni si sono susseguite negli ultimi due secoli tra Punta Arenas e la Terra del Fuoco, il Circolo polare antartico e oltre, sempre piú organizzate e sofisticate nei modi del viaggiare e negli strumenti scientifici a disposizione; hanno avuto intenti strategici e di prestigio nazionale, di osservazione delle condizioni fisiche soprattutto climatiche e della fauna, e spesso un vivo interesse antropologico per la popolazione indigena sempre piú scarsa e gli immigrati sempre piú numerosi. Quando visitai la regione nel 1990 conoscevo i taccuini dei viaggiatori e degli scienziati che mi avevano preceduto e due di questi mi avevano colpito per la vivacità narrativa e descrittiva: quello dell'italiano Giacomo Bove (Maranzana 1852 - Verona 1887) sulla spedizione australe italo-argentina del 1882, con la nave *Cabo de Hornos* e poi con la goletta *San José*; e quello del belga Adrien de Gerlache de Gomery (Hasselt 1866 - Bruxelles 1934) sulla nave *Belgica*, nella spedizione promossa dalla Reale società geografica di Bruxelles, compiuta tra il 1897 e il 1899. In continuità e in una sorta di simultaneità questo libro ha raccontato la mia spedizione e insieme quelle di Bove e De Gerlache; e un mio ultimo viaggio immaginario datato 2007.

Per Bove ho utilizzato la versione spagnola, inclusa nella miscellanea *Expedición Austral Argentina* (Buenos Aires 1883) commissionata dall'Instituto Geográfico Argentino, e la versione italiana, piú breve, pubblicata nel fascicolo 15 dicembre 1882 della «Nuova Antologia» e ripresa da Ecig nel 1992, *Viaggio alla Terra del Fuoco*. Per De Gerlache ho lavorato sulla traduzione italiana di Arnaldo Faustini pubblicata da Enrico Voghera Editore di Roma, del 1902 (edizione originale Bruxelles 1901). Di questi taccuini, altrimenti sconosciuti alla maggioranza dei lettori, ho riscritto i brani che mi sono parsi i piú sintomatici ricostruendo una 'iperspedizione' che gioca sulla diversità delle prospettive e delle voci ma anche sulla convergenza delle esperienze e dei sentimenti.

Stampato per conto della Casa editrice Einaudi
presso Mondadori Printing S.p.A., Stabilimento N.S.M., Cles (Trento)
nel mese di febbraio 2009

C.L. 19793

Ristampa

0 1 2 3 4 5 6

Anno

2009 2010 2011 2012